W0371064

LOUIS CABARET

Tout part à la nuit

LIANA LEVI

Tout part à la nuit

Louis Cabaret

Tout part à la nuit

Liana Levi

© Éditions Liana Levi, 2023

ISBN : 979-10-349-0803-5

www.lianalevi.fr

Vous ne savez pas ce que vous demandez.

Matthieu 20:22

Première partie

Approches

14 Juillet

La tête dans les bras, un enfant dort. Sa mère est assise sur une chaise, à côté de lui.

Une buvette a été installée sur la place.

Aux poteaux électriques, aux fenêtres des maisons et tout autour de la buvette, pendent des lampions. Trois tireuses fonctionnent à plein.

La nuit est chaude. Le bitume empêche la fraîcheur de remonter du sol. Le feu d'artifice est fini depuis longtemps. La torpeur qui saisit la foule après le bouquet final a vite été conjurée par la musique. L'enfant s'est endormi, le bruit pour couverture.

– Excuse-moi.

La mère sort de sa rêverie.

– Oui ?

C'est un homme grand, avec des épaules larges, le visage étroit. Il se penche pour être entendu.

– T'as du feu ?

Elle fouille dans son sac. Ses mains tremblent. Des mains d'anxieuse. Elle lui tend le briquet.

– Merci.

Elle sourit d'un sourire fugace, par-dessus la fatigue et une lassitude plus profonde qui amollit son visage.

Il allume une cigarette, tire dessus lentement. Le plaisir d'entendre la braise ronronner.

– T'en veux une ?

Elle hésite un peu, faut-il prendre le risque d'une séduction ?

Elle aime bien ses épaules et il a l'air doux.

– Je m'appelle Marvin.

– Tiffanie.

– Je peux m'asseoir un peu, Tiffanie ? Je suis crevé. T'as l'air fatigué, toi aussi.

– Un peu… Ça va.

Il attrape une chaise à la table voisine. Il ne s'assoit pas encore. D'un geste du menton, il indique l'enfant qui dort.

– Il est à toi ?

– Oui, c'est mon petit gars.

– Il a l'air tranquille. Il s'appelle comment ?

– Joris.

– Il a quel âge ?

– Sept ans et demi.

– Ah, c'est bien… Et le papa, il est là ?

– On le voit plus trop.

Marvin regarde l'enfant. Elle regarde devant, dans le vague. Marvin est toujours debout.

– Tu veux boire un truc ? Je vais me chercher une bière.

Elle fait signe que non.

– T'es sûre ?

– Je crois que j'ai assez bu pour ce soir.

Son teint est plus frais tout à coup, plus digne.

– Même pas un café ?

– Un café, d'accord. Merci.

Elle le regarde se diriger vers la buvette, entrer dans l'attroupement, se pencher par-dessus la table pour traverser le bruit et se faire entendre du barman.

– Maman !

Un grand adolescent tombe sur Tiffanie.

– Fais attention, tu vas réveiller ton frère.

– M'en fous.

– C'est pas toi qui le gères après.

– Tu me files de l'argent. J'ai plus rien.

– Il me reste pas grand-chose…

Elle tarde à chercher dans son sac. Le fils s'énerve. Il essaie d'attraper lui-même le portefeuille, écarte le bras de sa mère au passage.

– Tu permets ! C'est encore mon argent.

– Dix euros. S'il te plaît.

Il a respiré avant le s'il te plaît, pour le dire d'un ton plus calme. La fin plus traînante, presque enfantine. Tiffanie lui donne l'argent. Il embrasse sa mère.

Marvin s'arrête avant de parvenir à leur hauteur. Il a vu la mère embrassée par le fils. Il pose les consommations sur un coin de table en dehors des lumières. Il attend que l'adolescent disparaisse à nouveau dans la foule.

S'il arrivait à cet instant, Tiffanie dirait qu'elle est désolée pour le café, mais qu'elle doit ramener Joris. Qu'il commence à faire froid. Elle voudrait conserver son bonheur intact, d'avoir été embrassée comme ça par son grand. S'en aller avant qu'il ne revienne animé d'autres sentiments.

Lorsque Marvin se présente devant elle, Tiffanie n'a plus envie de rentrer. L'homme redevient la promesse d'autre chose que l'ennui. Il s'assoit, place le gobelet devant elle.

– Merci.

– On trinque ?

Marvin esquisse un demi-sourire, un seul coin relevé. Au-dessus de ses affaires. Tendre aussi.

– T'habites dans le coin ?

– Un peu plus loin, dans la campagne. On est venus à pied.

– T'as aussi un grand, non ? J'ai vu un garçon avec toi, tout à l'heure.

– C'est mon premier. Il s'appelle Chris.

– T'en as combien ?

– Seulement deux. C'est bien, déjà... Toi, tu viens d'où ?

– Je suis pas d'ici. Ça fait juste trois mois que je suis là.

Tiffanie songe qu'elle a toujours habité dans sa ville natale. Qu'est-ce qu'une vie quand on s'en va ? Cette idée la tourmente un peu. Quelle raison aurait-elle eue de partir ? Pour trouver quoi ? Moins de confort et les mêmes problèmes, sans doute... Elle boit une gorgée de café.

– Pourquoi t'es venu ici ?

– J'ai trouvé un boulot, dans le bâtiment. Il me reste six mois à faire. Mais ce sera peut-être plus long. Je sais pas encore.

– T'habites où ?

– J'ai une chambre chez des gens, des vieux.

– Tu connais du monde dans le coin ?

– Non. C'est juste pour le boulot. J'ai pas de copine. La famille, j'en ai pas des masses non plus.

– Ça te manque pas ?

– Je peux vivre tout seul. Je suis habitué.

– Pourquoi t'es venu me voir alors, si t'aimes tellement être seul ?

L'attaque est directe, un peu maladroite mais non dépourvue de charme. Marvin hésite à y voir un manque de confiance de Tiffanie en ses capacités à plaire ou au contraire, une minauderie, la certitude de taper juste et de ne rien risquer, même si l'autre en face est blessé, car le jeu est déjà gagné, le reste est contournements, bavardages, et finira comme ça doit. Il parie sur la seconde raison et décide de rétorquer de même, brusque, et de sous-entendre la possibilité d'une rupture des négociations. Puisqu'elle semble si sûre de l'issue, il n'est pas inutile de la faire douter un peu, pour rendre l'enjeu plus désirable.

– J'aime pas être seul. Je dis juste que je suis pas en manque. T'avais l'air de t'ennuyer. Moi aussi je m'ennuyais. T'avais l'air sympa.

– T'es pas déçu ?

– Non.

L'estrade est balayée de vert, de bleu, de rose. Une machine à fumée souffle en continu. Des enfants courent dans le nuage.

– Tu veux danser ?

– Je peux pas laisser le petit tout seul.

– Que tu sois ici ou à dix mètres, ça change rien pour lui.

– J'avais pas prévu de rentrer tard, toute façon.

– Tu m'appelleras quand ce sera un jour où tu rentres tard.

Tiffanie prend un air qui dit peut-être sans dire oui. C'est une femme encore jeune. Il semble qu'elle s'en souvient peu à peu et aime à s'en souvenir. Marvin l'entend dans sa respiration, ce plaisir de la jeunesse qui remonte. Une odeur de cannabis parvient d'un groupe assis en bordure de piste. Tiffanie se laisse surprendre par cette odeur. Sa jeunesse affleurante et cette odeur d'herbe lui jouent un air commun. Elle a envie de fumer, de lâcher prise. Au moins un peu. Tiffanie regarde son fils dormir.

Rien, sur le visage de l'enfant, ne semble la mettre en garde. Elle hésite, scrute une nouvelle fois. Les orteils au bout du plongeoir. Elle ferme les yeux. Elle sait qu'elle va sauter.

– Ça fait longtemps…

– T'as envie ?

– Je crois, oui.

Il sort un sachet de tabac de sa poche intérieure. Le plastique souple fait un bruit d'insecte lentement écrasé. Il en extrait les feuilles à rouler. Des grandes. Avec trois doigts il plonge dans le paquet, saisit les brins de tabac, les allonge dans la feuille. Il roule légèrement pour voir si la quantité est bonne. Il sort le morceau de shit, évalue. Le morceau, d'un brun foncé, est comme de la boue, dense et grasse. Il le malaxe un peu, le place sous la flamme du briquet. Le rituel fait saliver.

Le joint est régulier, lisse, avec de légères boursouflures.

– Fais attention à Joris avec la fumée.

– Bien sûr.

Marvin s'accorde les premières taffes. Il se laisse glisser sur l'assise, rejette la tête en arrière, sa nuque roule sur le dossier de la chaise. Il recrache lentement la fumée, cotonneuse, chaude, qui allume la gorge en passant. Il tend le joint à Tiffanie. Pas d'intention visible. Il le fait simplement, sans rien qui pousse à consommer. Peut-être qu'il est fiable. Elle peut fumer au moins un peu, pour le frisson.

C'est râpeux. Un goût massif dans la bouche. Tiffanie sait tout de suite que les effets seront puissants. La fumée reste bloquée dans le fond de sa gorge. Elle s'empêche de tousser. La laisse descendre, respire profondément pour achever de se remplir les poumons avec de l'air sain, devenu très frais par comparaison. Puis expulse la fumée jusqu'au bout, soulagée comme après un orgasme.

Elle fait ainsi plusieurs fois de suite. Elle se tranquillise, expire en regardant droit devant elle. La première vague de tiédeur lui monte au cerveau, lui donnant l'impression qu'on lui soulève le haut des paupières et que ses tempes s'élargissent. Elle sent la timidité tomber au sol comme un vêtement. Elle rend le joint à Marvin et soutient son regard. Ses yeux brillent, presque flous, des yeux noyés.

Il a repris son demi-sourire.

– T'aimes bien ?

– C'est pour que je perde la tête, ton truc ?

Ce n'est pas à lui de parler. C'est à elle de s'exprimer plus franchement. Se brûler un peu, voir si ça fait mal.

– Ça te plaît, les mères de famille ? T'avais vu mon fils, pourtant.

– C'est toi que j'ai vue.

Les mains de Tiffanie sont posées sur la table. Marvin les prend dans les siennes.

– T'es direct au moins.

– Je dis la vérité, c'est tout.

Il y a un nouveau silence.

Tiffanie se sent lourde. Elle a conscience du mal de crâne qui l'attend quand l'effet se dissipera. Elle regrette.

– Ça m'a vraiment shootée.

Marvin doit relancer tout de suite. Garder l'énergie et la conversation légère.

– Et eux, tu crois pas qu'ils sont complètement cramés ?

Un couple, la cinquantaine, danse face à face. Le corps tout raide, suant, l'homme fait tourner ses poings de chaque côté de son ventre. Sa femme ondule de bonne volonté pour l'accompagner.

Tiffanie les trouve plutôt touchants.

– Pourquoi tu dis ça ?

– C'est tes parents ?

– T'es con…

– Et elles ?

Il montre un groupe de filles très maquillées, serrées dans des pantalons en simili cuir. La soirée avançant, elles ont renoncé à plaire. Elles dansent en groupe. On voit les efforts qu'elles font pour s'amuser.

– C'est peut-être tes sœurs ?

– Non merci !

– Un petit pétard, pour leur donner le sens du rythme…

Enfin, elle rit de bon cœur.

Ils passent en revue tous les groupes de danseurs et rivalisent de méchanceté. Marvin roule un autre joint sans cesser les moqueries.

On annonce un slow.

Tiffanie est suffisamment désinhibée. Marvin l'invite, elle accepte.

Le groupe de filles s'est resserré. Elles se prennent par les épaules et tournent, les fronts collés les uns contre les autres, dans la sécurité du groupe.

Tiffanie pose la tête sur le torse de Marvin. Il lui caresse la nuque, passe les doigts dans ses cheveux. Elle se laisse faire.

Elle soupire profondément, détend son corps, se colle, se laisse progressivement tomber sur Marvin, toujours dans la cadence du slow. Il descend son autre main sur les fesses. Ils s'embrassent.

Une nouvelle chanson commence. Tiffanie demande s'ils peuvent revenir à la table.

Elle n'oublie pas son fils.

Marvin lui passe le bras autour de la taille. Une taille souple, un ventre un peu flasque, mais le buste est ferme et bien dessiné. C'est tiède. Marvin se dit qu'elle aurait pu être moins sexy.

Il pense aussi qu'il est dangereux de retourner à la table.

Deux joints, une danse et un baiser, il ne faut pas que ça retombe. Le corps doit rester dynamique : le sang vous met du rythme et des envies de faire l'amour en basse continue.

– C'est peut-être l'heure que je vous ramène ?
– Maintenant ?
– Ton petit sera mieux dans son lit, non ?
– T'es garé loin ?
– Dans la rue, juste là.
– S'il se réveille, tu lui dis pas que tu viens à la maison.

Le petit dort à l'arrière. Il s'est à peine réveillé quand sa mère l'a soulevé de la chaise et porté jusqu'à la voiture.

La maison est au bout d'un chemin en gravier. Les phares blanchissent le mur, puis s'éteignent, laissant comme une tache sur la façade.

Joris se réveille alors que Tiffanie le monte dans sa chambre. La lumière dans la cage d'escalier est violente. Il se remet dans le cou de sa mère.

Tiffanie pousse du bout du pied le fouillis de jouets qu'il y a par terre et pose Joris sur le lit. Il se faufile sous sa couette. Sa mère l'embrasse et elle sort, laissant la porte entrouverte sur la lumière du palier. Marvin attend, debout sur le perron. Du haut de l'escalier, elle lui fait signe que tout est ok. Il hausse les épaules. Que faisons-nous ? Elle indique le chemin de sa chambre à elle, au rez-de-chaussée.

Les lumières de la rue passent entre les volets. Marvin détaille le dos de Tiffanie, ses hanches creusées, ses cheveux à l'abandon. Il flaire la densité de ce corps de femme qui dort à côté de lui, qui lui appartenait il y a seulement quelques minutes, lourd à présent, comme s'il était mort mais avec la chaleur en plus, et le souffle, et la peau où le plaisir a laissé des traces roses et blanches.

Ils sont convenus qu'il mettait un réveil à six heures pour partir avant que les enfants soient levés. En attendant, il profite un peu. Chercher le sommeil dans le lit de cette femme est une victoire. La première.

Étincelle

À deux kilomètres du bal, ils ont ramassé des branches à la lueur des portables et ils ont fait un feu. Quelques filles, des garçons plus nombreux. En tout, ils sont une vingtaine.

Chris regarde les flammes qui montent le long de l'écorce. Il boit du whisky-coca à la bouteille. Sous sa casquette, les yeux dans le feu, il a l'air de vouloir faire du mal.

La nuit est couverte d'étoiles.

Il glisse sa capuche par-dessus sa casquette, allume une cigarette. Il ne sait pas depuis combien de temps il est là. De l'autre côté du feu, une fille le regarde.

– Qu'est-ce que tu veux ?

Il a forcé le ton pour qu'elle entende. Sa voix qui mue grésille comme un vieux disque.

La fille fait signe qu'elle est désolée, elle ne fait pas ça pour le gêner. Il tente :

– T'as qu'à venir.

Elle fait le tour du feu, manque de tomber sur un couple qui s'embrasse par terre. Il la voit arriver à une vitesse irréelle.

– T'as l'air bourrée.

– Je sais pas. Je m'en fous. Tu me passes une cigarette, s'te plaît ?

Elle est grande. Seize ans. Elle donne l'impression d'avoir de l'expérience.

Elle porte un jean serré et un haut court qui laisse à l'air une partie de son ventre. Du fond de teint lui alourdit le nez et fait comme de petites cicatrices sur ses boutons d'acné. Des yeux verts maquillés au noir. De longs cils. Des sourcils épilés avec, en dessous de la ligne fine, à la place des poils arrachés, deux bosses violacées. Un carré plongeant. Un piercing au nez, un à la langue.

Elle prend la cigarette que lui tend Chris.

– Tu t'appelles ?

– Chris.

– Moi, c'est Marjo.

Chris avale une grande gorgée.

– T'en veux ?

Elle boit sans sourciller.

– Tu trouves ça bien, cette soirée ?

– J'aimais bien le bal. Mais là j'ai froid.

– Pourquoi tu restes ?

– T'as raison.

Elle fait mine de se lever. Il l'attrape par la manche, la rassoit à côté de lui.

Ils s'embrassent. Une main derrière le dos de Marjo, l'autre sur sa poitrine par-dessus le tee-shirt.

Il croit devoir sexualiser très vite. Les langues se cherchent et se tournent autour. Mais sa main, sur la poitrine de Marjo, n'ose plus bouger. Ils se lâchent la bouche. Elle lui caresse le visage, ferme à demi les yeux, avance les lèvres. Il ose glisser la main sous le vêtement, soulève le soutien-gorge, englobe un sein nu.

Le jean de Chris est dur comme un coup de poing. Marjo propose :

– On va plus loin ?

Chris cache son érection sous son tee-shirt. Ils se prennent la main et quittent le cercle, avançant prudemment dans le noir.

Ils découvrent une toute petite clairière. Au milieu du lierre, il y a des touffes d'herbes longues.

Marjo s'allonge. L'érection revient très fort.

On entend la musique du bal au loin, portée par un vent sans fraîcheur.

Ils s'embrassent, ne se lâchent plus, les lèvres collées. Marjo, d'une main, déboutonne son jean. Chris glisse son bras le long du buste féminin, du ventre, le ventre rebondi, laiteux, affolant, et plonge sa main dans la culotte de Marjo.

Il cherche tout de suite à mettre un doigt. Marjo resserre les jambes. Elle a compris qu'elle avait affaire à un novice.

À vrai dire, elle le savait déjà et c'est pour ça qu'elle a été le chercher, lui. Elle avait envie d'être la première pour quelqu'un ce soir. C'est une envie qu'elle a eue avant que le feu soit fait, quand les autres ramassaient des branches et qu'elle était dans le noir.

– Doucement… Commence par caresser.

Chris manque de se froisser. Elle simule un peu pour s'excuser. Il la caresse, le plaisir monte.

Il s'arrête.

– Qu'est-ce que t'as ?

Des bruits de pas et des voix qui s'approchent. Ce sont deux copains de Chris.

– Ça manque d'ambiance ton plan cul ! On va te mettre du son.

L'un des deux tripote son téléphone et met de la musique. Ils rigolent, contents, saouls.

Chris est immédiatement sur celui au portable. D'un coup de tête, il le fait tomber en arrière en rugissant :

– Putain d'enculé !

Il sort un cran d'arrêt de sa poche. L'autre ne bouge pas, médusé. À terre, le sang coulant de son nez comme d'une poche percée, il tente de reculer sur les mains.

La lame en avant, halluciné par son envie de tuer, Chris se rapproche de lui.

Celui qui est encore debout ne peut détacher ses yeux de Chris. Comment une telle violence a pu sortir d'une blague ? Les bras ballants, le regard prisonnier de celui qui les menace, il est au milieu de l'ivresse, au milieu de la nuit. Le temps et la logique sont fermés. Il cogne dessus, incapable de la moindre action. Il retrouve ses facultés lorsque Chris est si proche de son copain que le coup de lame est presque sûr. Il finit par articuler :

– Tu vas pas le planter pour ça… Calme-toi putain. On est désolé, ok… Calme-toi. On est désolé.

– Je vais vous crever. Je vais vous crever comme des chiens.

Chris tremble de la tête aux pieds. Les deux blagueurs détalent. Chris demeure figé, le cran d'arrêt toujours en main.

Marjo s'est relevée durant l'altercation, s'est rhabillée automatiquement, mais elle s'est arrêtée là, tiraillée entre l'envie de fuir et la peur de fuir. Elle est toujours dans cette posture et les autres sont partis. Elle tente de revenir au premier versant de la soirée, quand on était à égalité, le sexe.

– J'ai toujours envie, tu sais.

Pas de réponse. Elle s'approche prudemment de lui. Ne voyant pas son visage, elle en est réduite aux hypothèses. Les moindres mouvements du couteau lui soulèvent le cœur. Le risque est grand, elle choisit la flatterie.

– Faut pas te chercher, toi.

– C'est des fils de putes.

Il répond, elle peut continuer. Elle pose sa tête contre l'épaule de Chris. Elle murmure:

– Ils sont partis, t'inquiète.

– Je m'inquiète pas.

Inutile de chercher à l'embrasser, mais lui donner encore un peu la sensation de sa supériorité pour mieux l'apaiser, puis infléchir la relation jusqu'à la tendresse, et finir cette soirée saine et sauve. Elle s'allonge, l'invite.

– Viens.

Chris range l'arme, s'approche, s'agenouille, relève le haut de Marjo jusqu'à ce qu'il découvre complètement la poitrine. Il se met à califourchon, passe ses bras derrière elle. Le contact du corps de Marjo lui donne envie de s'enfouir. Ses tentatives pour dégrafer le soutien-gorge ne mènent à rien.

C'est elle qui le fait.

Chris regarde le soleil en face. Les deux tétons dressés dans la nuit. Deux petites boules sombres sur des seins blancs. Il les caresse, les lèche avidement. Marjo se détend, soupire, la peur s'estompe. L'envie revient.

Elle pense que c'est un vrai dangereux, mais qu'il est bon de l'avoir pour elle, sur son corps à elle, tendre pour elle seule.

Il lui caresse le sexe en même temps qu'il tourne sa langue sur chaque téton.

Il enlève sans difficulté le pull et le soutien-gorge. L'altercation lui a donné de l'assurance. Il ne craint plus de paraître inexpérimenté.

Marjo se redresse, caresse Chris par-dessus le pantalon.

Il enlève son propre tee-shirt, content de son torse et de ses bras, fibreux comme du bois vert.

Il fait tomber le jean et la culotte de Marjo.

Il est excité à plein. L'appréhension revient.

Caleçon et pantalon baissés, il se positionne entre les jambes de Marjo, des jambes et surtout des cuisses légèrement grasses, très blanches, avec le bourrelet du haut qui marque l'intérieur et ouvre sur le sexe. Un bourrelet ferme et réjouissant.

Chris réussit à tenir un peu.

Marjo a un petit orgasme qu'elle surjoue. Il s'effondre sur elle, ébahi.

Le poing au plafond

Deux ans déjà. Deux ans qu'il s'arrange pour que le temps ne passe pas.

Il y a eu les dimanches. C'était une autre époque. Quand il était à la maison, que ça lui tombait dessus, une irritation sans motif, qui lui donnait des envies sadiques.

La télé l'écœurait. Il essayait de s'abrutir de jeux vidéo mais son énervement se nourrissait de tout. Seule la boisson le soulageait un peu. Mais il fallait boire beaucoup et vite, sans quoi l'alcool attisait la colère. Passé un certain seuil, il était suffisamment assommé pour supporter de vivre. Quand les copains étaient là, il passait la fin de la journée dans la cuisine et n'en bougeait que fin saoul, pour aller se coucher.

Les vitres dégoulinant de buée, le sol humide et la fumée partout, les hommes féroces et rigolards ; dans cet endroit, ce que faisait Chris, qui s'en occupait, qu'il existe seulement, ça n'avait plus d'importance. Le père s'oubliait, c'était comme tomber dans un trou.

Après la naissance de Joris, Tiffanie avait mis un frein aux copains du dimanche. Lui, n'ayant plus l'espoir d'une compagnie, buvait seul. Ou avec Tiffanie, mais Tiffanie s'occupait de Joris et malgré ses efforts pour ne pas laisser son homme tomber dans un alcoolisme solitaire, elle buvait lentement, en faisant autre chose, sans envie.

Le père s'allumait donc tout seul, triturant dans sa tête des mauvaises pensées. La fin d'après-midi approchant, les enfants pris entre l'ennui et l'excitation, Tiffanie s'acharnait contre le grand. Elle le traînait par le bras.

– Explique à ton père ce que tu faisais !

Chris s'enfuyait. Le père restait devant le vide de son fils. Tiffanie s'emportait face à son apathie.

– C'est aussi ton gosse, non ?

Le père savait que Chris écoutait. Il se contentait de se lever, de courir après lui et de le contraindre à s'excuser auprès de sa mère en s'humiliant, aussi platement, aussi pitoyablement, que lui-même se sentait humilié.

L'enfant demandait pardon.

Il a pris sept ans.

Régulièrement, il refusait d'aller aux réunions d'information sur les parloirs entre enfants et parents emprisonnés. Pourquoi, après deux ans, s'y est-il finalement rendu ? Le père enfoui l'a décidé et le père enfoui l'a fait, sans avertir. Aussi, a-t-il assisté à l'une de ces réunions.

On lui a dit : vous avez le droit de voir vos enfants. Ils sont mineurs. Ils ne peuvent pas vous rendre visite sans qu'il y ait un autre adulte avec eux. Si aucun proche ne veut les accompagner, on peut demander à quelqu'un de l'association. C'est à vous de faire les démarches.

Il a envoyé une demande à ses fils. La réponse a mis deux semaines à arriver.

Chris et Joris acceptent de revoir leur père, mais il n'y a personne pour venir avec eux. La seule à bien vouloir, leur grand-mère paternelle, sort d'une opération de la hanche qui la rend incapable.

Il a donc demandé à rencontrer un bénévole.

Le père est assis dans le parloir, la tête rentrée dans les épaules, l'air d'un sanglier avant la charge, cheveux ras, barbe très brune, poils qui sortent par endroits.

L'homme qui vient vers lui porte un pull gris, un pantalon noir, des chaussures en toile, une écharpe. Il est plutôt grand. Pas de ventre, pas d'épaules non plus. Une barbe courte et grise. Il lui tend une main qui dégage une puissante odeur de tabac.

– Eh bien… L'écharpe n'est pas de trop.

– Fait froid ?

– C'est peu de le dire.

Il pose son écharpe et son manteau sur le dossier de la chaise.

– Moi c'est Alain. Bonjour. Vous avez demandé à me rencontrer ?

– Pour voir mes fils.

– Il faut qu'on en parle d'abord.

– Parler de quoi ?

– Savoir ce que vous attendez de moi.

Alain détend ses jambes, les croise, se redresse lentement.

– Je veux voir mes fils.

– Pour quelle raison est-ce que vous voulez les voir ?

– On m'a dit que j'avais le droit.

– Vous êtes en prison depuis quand ?

Le père pose ses bras sur la table.

– Deux ans.

– Donc ça fait deux ans que vous ne les avez pas vus…

– Ça fait trois ans.

L'effort d'honnêteté s'entend dans la respiration du père.

– Il manque une année.

– Oui.

Alain regarde le père dans les yeux, le père détourne les siens.

– Et eux, ils veulent bien vous voir ?

– J'ai écrit à leur mère, ils veulent bien.

Alain montre, d'un court sourire, que c'est un bon début.

– Ils savent que vous êtes en prison ?

– J'imagine qu'on leur a dit.

– Vous savez ce qu'ils en pensent ?

– Non.

– Comment ils s'appellent ?

– Chris et Joris.

– Ils ont quel âge ?

– Quatorze et sept.

– Qu'est-ce que vous auriez pensé, à sept ans, si on vous avait dit que votre père était en prison ?

– J'ai pas connu mon père.

– Vous connaissez votre fils. Vous croyez qu'il pense quoi, votre fils de sept ans, du fait que son père soit en prison ?

– Je sais pas.

– Je ne demande pas ça pour vous embêter. À votre avis, qu'est-ce que ça peut lui faire quand on lui dit que son père est en prison ?

– Je sais pas.

– Il va falloir y réfléchir. Et le grand ?

– J'en sais rien, putain !

Alain reste calme.

– Quand vous aviez son âge, la prison, vous en pensiez quoi ?

– J'en pensais rien… Que c'était pas pour moi. Je devais penser que ce serait pas pour moi.

– C'est important que votre fils le sache.

– Pourquoi ?

– Soyez honnête, simplement.

– Et comment j'explique ça ?

– C'est à vous d'aviser. C'est vous le père. C'est vous qui décidez si vous voulez voir vos enfants, ou pas. Et, quand vous les verrez, ce que vous leur direz.

– Il y a des trucs que j'ai pas le droit de dire ?

– Ils ne servent pas d'intermédiaires entre vous et quelqu'un d'autre à l'extérieur. Par exemple avec votre ex-femme. Pas plus qu'avec qui que ce soit d'ailleurs.

– Pourquoi ?

– Si le but c'est de vous servir d'eux pour vos histoires à vous, je ne m'investis pas pour ça. Je ne prends pas du temps pour rien.

Le père acquiesce. Alain reprend :

– Je vais voir avec elle s'il y a deux après-midi possibles, tous les mois, où je peux les amener ici. Je pense qu'il vaut mieux les voir un par un. Un jour pour chacun. Vous êtes d'accord avec ça ?

– Oui.

– Bien. Je vous fais signe quand j'en sais plus.

La nuit, le père est incapable de trouver le sommeil. Il est en éveil comme en pleine journée. Il ne faut pas déranger les autres. Son lit est en hauteur. En dessous, il y a un deuxième homme et un troisième contre le mur d'en face.

En plus des bruits extérieurs, il y a le bourdonnement de son crâne. Des questions, des remords, des colères, des envies de mourir, de s'excuser, de pleurer, d'être aimé…

Pleurer comme un enfant dans les bras de ses fils, les tuer, tuer leur mère et se tuer après, s'excuser, implorer, ne plus jamais revoir personne et mourir seul.

Écrire une lettre pour faire pleurer ses fils, déchirer la lettre, s'insulter lui-même, tuer au hasard dans la rue, se trouver superbe, puis ridicule, puis abject… Inlassablement.

Il met son poing au plafond et l'écrase contre le béton pour faire cesser les questions, les réponses, tout ce qui se joue dans sa tête.

Il écrase son poing jusqu'à ce qu'il ait vraiment mal. Mais ça le reprend.

Il demande grâce.

Il essaie de faire taire les voix, remettre à demain les questions. Faire dévier sa pensée sur les bons souvenirs. Il implore le jour de se lever au plus vite.

Au matin, c'est comme s'il sortait d'une longue asphyxie.

Demande

Marvin loge chez l'habitant et ne peut pas recevoir chez lui. Ils ont décidé d'attendre avant de le présenter aux enfants et se voient chez Tiffanie, en journée, pendant l'école. Ou dans des bars, au cinéma. Voilà deux mois qu'ils se fréquentent. Tiffanie propose samedi, pour une première rencontre. Une soirée barbec.

– On sera nombreux. Pas trop officiel pour commencer.

– Si tu penses que c'est le bon moment… répond Marvin.

– Faut que je te prévienne, tu vas faire la connaissance de Ludo.

– Ok.

– Désolé de t'imposer ça.

– Pourquoi ?

– On est sorti ensemble quand j'étais ado. C'est pas un bon souvenir.

– Mais tu l'invites ?

– Il connaît tout le monde ici. Et je veux qu'il te rencontre. Il me tourne autour depuis que je suis célibataire. Qu'il comprenne que je suis pas libre.

– Tu peux compter sur moi.

Elle glisse des mains impérieuses le long du dos de Marvin qui se laisse faire en souriant, avant de les plonger dans son pantalon et de malaxer ses fesses comme deux balles – le tour du propriétaire.

– J'espère bien !

– Elle est loin la bichette de 15 ans…

– Oh oui.

– Comment t'as fait pour tomber sur un mec pareil ?

– Mes parents étaient comme deux ours. Moi j'ai grandi dans la grotte. On voyait presque personne, mais c'était bien, c'était doux. Alors le lycée, quand il a fallu passer dans la grande ville, se confronter à plein de codes que je maîtrisais pas du tout, j'ai vrillé. Je pensais que c'était vital, devenir solide au milieu du bordel. Ludo est arrivé à ce moment-là. Comme quoi, les emmerdes, tu les attires ou pas… C'est le karma.

– C'est gentil pour moi !

– J'ai peut-être changé de karma. Ce serait bien.

Fièvre

Joris fait rouler ses petites voitures sur le palier. À travers les barreaux de la rampe, il peut voir son frère, en bas, qui joue à la console. La lumière du palier est éteinte, il est au-dessus du monde.

Il module le bruit du camion avec sa bouche. Ce bruit est doux.

La soirée commence juste. L'ambiance est encore tranquille.

Sa mère parle avec une brune qui porte un nourrisson sur ses genoux. Joris ne sait plus le prénom du bébé. La femme, c'est Tata. La cousine de maman.

Joris arrête son camion. Tiffanie s'est levée pour aller ouvrir la porte.

Il y a un temps d'absence de sa mère. Joris regarde Tata. Il a aimé cette femme avec passion, elle venait toujours avec un cadeau. Du jour où elle a eu un enfant, elle n'a plus eu le même regard pour lui ; ce regard qui lui sautait dessus comme s'il était le mélange d'un dieu et d'un gâteau. Elle a gardé la même intonation pour lui dire bonjour, pour le câliner de surnoms, mais il n'y entend plus ce qu'il y entendait avant.

Elle a son bébé maintenant. Tata n'est plus aussi belle. Elle était ce qu'il y avait de plus beau au monde. Un visage où Joris ne pouvait distinguer aucun élément en particulier ; les yeux, le nez, la bouche, c'était un ensemble harmonieux, lumineux, d'une patience infinie, toujours disposée à rire avec lui. Mais là, elle a grossi. Elle donne le sein. Il a beau savoir que c'est du lait, Joris ne peut pas y croire.

Ce n'est pas elle qui le protégera ce soir. Joris regarde les adultes qui parlent, qui boivent. La soirée passant, les discussions seront plus vives. La maison changera d'aspect. Dans cette surchauffe, les têtes prendront une teinte rouge et exploseront comme du pop-corn.

Pas toutes, pas à chaque fois. On ne peut pas savoir à l'avance. Joris redoute leur fièvre. Mais il a sa fierté. Quand ils sont arrivés les uns après les autres pour lui dire salut mec ou salut bonhomme et qu'ils lui ont tapé dans la main comme avec un copain, pour rire, ou bien qu'ils ont passé la main dans ses cheveux, sans faire mal mais en tirant un peu, il s'est efforcé de le prendre comme un signe de pacification pour la soirée. Il a répondu, impassible, comme il pense qu'il faut faire pour montrer qu'on n'a pas peur. Les femmes sont moins cérémonielles avec lui. Un bisou s'il veut bien, sinon un signe de la main ou rien du tout, elles n'en font pas davantage et lui non plus. Quand il était plus petit, oui, elles s'extasiaient. Il aimait beaucoup ça. Maintenant c'est terminé. De toute façon, elles n'empêchent jamais rien, pense Joris. Elles hurlent aussi, et leur visage peut devenir très laid.

Il va chercher les Lego dans sa chambre. Il ramène une grosse boîte qu'il cale contre la barrière. D'ordinaire, il la renverse complètement. Ce soir il préfère prendre les pièces au fur et à mesure. Les jaunes et les bleues. Il en fait un tas propre, rassemblé contre la boîte, qu'il n'y ait aucun risque qu'une brique passe à travers les barreaux.

Il dispose une première rangée, les briques alignées. Il les soude deux à deux par une deuxième rangée.

Les carrés de moquette rase sous ses mains lui caressent les paumes. Cette caresse ravive sa peur et lui monte dans la poitrine.

Il abandonne sa construction pour s'occuper exclusivement de caresser la moquette. Les mains tendues, il fait défiler la matière rase sous les petites bosses à la base de ses doigts. Il fait monter la peur, la fait redescendre, salive. Il sent aussi un pincement qui part du bas-ventre et se poursuit dans le sexe.

On monte dans l'escalier.

Joris reprend ses Lego, l'air concentré.

Les arrivants doivent savoir qu'il y a un monde enfant, un monde qui a déjà un maître et où, s'ils veulent pénétrer, ils doivent se mettre à sa hauteur à lui. Et lui, en ce moment, se fait aussi petit que les briques qu'il a dans les mains.

Il ne regarde pas. Seulement son mur de Lego. Il perçoit le grincement plus léger des marches du haut.

– Salut Jojo.

– Salut Jojo.

Il devine qui ils sont. Il reconnaît la voix du premier, traversée par des aigus qui recouvrent, dans le fond, comme un orage. Le deuxième se déduit de la présence du premier. Ludo et Kevin. De vrais dangers.

Les deux adultes se penchent au-dessus de lui. Des oiseaux de proie. Ils attendent que l'enfant leur prête attention. C'est la dernière brique qu'il peut mettre avant d'être vexant. Il fait un demi-tour sans se lever. Ils sont hauts. Il y en a un vraiment grand. Kevin. Celui-là aime bien qu'on le craigne, il est plus brutal qu'agressif. Il a la tendresse des forts pour les enfants. Quand il n'est pas trop imbibé pour s'en foutre. Sans lui, le second serait vraiment effrayant. En Kevin, Ludo a trouvé la masse qui peut le contenir. Ludo est petit, très sec, nerveux, sautillant comme un chat sauvage.

– Tu construis un château ?

– C'est une caserne.

– Ah. C'est bien.

Ils repartent en se tenant à la rampe, mal assurés dans la pénombre, en essayant de ne pas piétiner les jouets qui traînent.

Étranges, ces deux ogres venus le voir jouer aux Lego.

À la santé du colonel

Marvin tapote machinalement sur le tableau de bord. Il est passé chez lui se doucher. Cinq voitures sont devant la maison. Il cherche où garer la sienne.

Il apporte des brochettes, deux bouteilles de coca, une bouteille de whisky, de quoi faire une dizaine de joints, une bouteille de vin blanc sucré pour Tiffanie.

Elle vient à lui.

Malgré la fraîcheur qui monte, elle ne s'est pas couverte. Elle veut embrasser Marvin avant qu'ils n'entrent dans la maison. Après, il faudra garder la distance pour ne pas braquer ses fils. Les bras nus, décolletée, Tiffanie est très appétissante. L'air froid lui attise la peau et les joues. Ils s'embrassent contre le coffre de la voiture.

Dans le salon, Marvin aperçoit d'abord la femme et le nourrisson, puis, autour de la table couverte de bouteilles, deux couples face à face, les filles sur les genoux des garçons. Un autre homme, au visage rond, est assis avec eux. Des flammes noires lui montent sur le cou. Inoffensif malgré son tatouage. Le grand fils de Tiffanie est sur le canapé. Où est le petit ?

Marvin salue ceux qui sont autour de la table, à la cantonade. Il vaut mieux éviter d'embrasser les filles, tant qu'il ne connaît pas.

Une rumeur lui répond. Les conversations reprennent aussi vite.

Où est l'individu redouté ? Aucun de ceux qu'il a sous les yeux ne semble correspondre. Manque de relief. Dans la cuisine peut-être. Ou au barbecue. Le feu les attire. Au plus dangereux, les premières manœuvres.

– Tu bois un truc ?

Tiffanie lui fait un beau sourire de maîtresse de maison.

– Une bière pour commencer.

– Tu veux que je te présente mes garçons ?

– Les dérange pas. On se verra dans la soirée.

Joris voit Marvin et sa mère parler ensemble. Marvin sent qu'on le regarde. L'enfant se cache derrière sa boîte de Lego.

C'est encore trop tôt pour s'afficher comme ça tous les deux, en pleine complicité. Marvin se défait d'elle doucement, au prétexte de poser ses bouteilles et ses brochettes. Il traverse la cuisine et se rend au jardin.

Il décapsule une canette qu'il boit en marchant.

Les braises s'animent dans la lumière grise du début de nuit. La canette pend au bout du bras de Marvin comme une arme abaissée.

Deux hommes sont assis sur des chaises, face au feu. Les paquets de saucisses sont encore pleins. La grille chauffe à vide sur le feu. Des restes de graisse se tortillent en petites flammes. Le plus grand des deux boit son verre sans lâcher l'autre des yeux, un agité visiblement, qui arrache l'étiquette de sa bière par petits bouts, puis les roule entre ses doigts avant de les jeter sur la grille.

– Je te dis que ça le fait.

Le grand n'a pas l'air convaincu. Ils arrêtent de parler à l'approche de Marvin.

– Salut.

Kevin est le seul à répondre.

– Salut.

– Marvin.

– Kevin.

Ludo s'ouvre une bière sans regarder personne. Kevin n'est pas fâché que la discussion avec Ludo s'arrête.

– C'est vous les maîtres du feu ce soir ?

– C'est plus tranquille ici.

J'ai accroché le plus facile, se dit Marvin.

– Ça fait longtemps que la soirée a commencé ?

– On était là vers sept heures.

– Vous avez eu le temps de prendre l'apéro.

– On peut dire ça... Vodka ?

– J'ai du retard apparemment.

Kevin verse la vodka jusqu'à la moitié du verre. Il l'arrose de jus de pomme. Marvin lève son verre pour remercier, boit le verre d'un seul coup et ponctue d'un soupir appuyé, un soupir qui montre qu'il souffre, mais que c'est bon.

– Se boit bien, ce jus de fruit.

Ludo a un petit geste d'amusement, vite réprimé. Kevin se réjouit franchement. Il tend la bouteille à Marvin.

– Un deuxième ?

Marvin doit faire cesser le numéro de cirque s'il ne veut pas s'écrouler dans l'heure.

– À la vôtre.

Une seule gorgée cette fois. L'alcool lui chauffe le ventre.

– Ça me rappelle une vidéo, un gars qui boit une bouteille de Ricard en trois verres cul sec. C'est un militaire.

– Sale...

– La vidéo s'arrête après le troisième verre, t'as juste le temps de le voir tomber. Entre chaque verre, il dit : à la santé du colonel !

Même Ludo sourit, le regard toujours braqué sur les braises. Marvin sort son paquet de tabac.

– J'ai un peu de matos.

– Envoie.

Ludo reste mutique. Marvin s'assoit à côté de Kevin, pas tout à fait en face de Ludo, un peu de côté pour ne pas le gêner, mais assez pour lui parler dans les yeux quand l'autre se décidera à lever la tête.

Il sort le cannabis, en prend deux pincées qu'il étire dans la cigarette.

Ludo détache son regard du feu.

– Elle vient d'où ?

– Un cousin. Il fait pousser chez lui.

– Elle est bonne ?

– Tu vas me dire.

Marvin tend le joint à Ludo.

Il le voit comme un calumet de la paix. La première bouffée pour le chef, mais le chef, ayant accepté son herbe, devient son obligé. Le tout est de le faire sans servilité. Sans montrer crainte, ni faiblesse. D'un chef à un autre chef.

Ludo tire sur le joint et le passe à Kevin. Marvin s'est remis à siroter sa vodka.

À la première taffe, Kevin s'exalte.

– C'est un putain de jardinier, ton cousin !

Ludo demande :

– T'as rien d'autre ?

– Pas ce soir, non.

– Dommage.

– Je touche plus trop.

– T'es con.

– Je me suis calmé.

– Y te reste la picole.

– Pour ça, t'inquiète.

La mission

Ils sont tous trop saouls pour se préoccuper de lui. Et Chris n'est plus dans le salon. Le terrain est dégagé.

Joris s'est fabriqué un pistolet. Il va devoir avancer sur le palier et descendre l'escalier à hauteur de vue. Personne n'a encore allumé la lumière, ni à l'étage, ni dans la pièce principale, et le tas de manteaux en bas, sur la rampe, peut lui fournir une cachette.

Il fait le point sur sa tenue. Pantalon noir. Chaussettes grises. Mais le haut… Une tête de singe en grosses paillettes lui couvre le torse.

Il retourne dans sa chambre, cale une peluche contre la porte, fouille dans l'armoire. Il savait bien qu'il avait un tee-shirt noir quelque part dans le fond.

Il éteint la lumière, se laisse glisser le long de son lit et s'assoit en tailleur, comme avant la bataille.

Descendre l'escalier en se collant contre la rampe. En bas de l'escalier, se mettre dans les manteaux. Sortir le pistolet et tuer tout le monde.

Après, il ira dans la cuisine. Il sait où sont les paquets de chips. Il y a du coca dans le frigo. Le sac à dos… Enlever les affaires d'école. S'il y a quelqu'un dans la cuisine, un coup de pistolet, et s'enfuir dans le jardin. Même en chaussettes. S'il n'y a personne : prendre tout ce qu'il pourra, courir à l'escalier, remonter sans bruit.

Il lui reste à vider le sac à dos. Il gardera le porte-bonheur quand même. Un bracelet qu'il y a dans la poche arrière du sac et qu'une fille lui a donné cet été. Suivent des souvenirs de la colo… De l'été… De la plage… Des glaces…

Mille associations d'idées plus tard, il dort profondément.

T'es chez moi ici

Il n'y a plus que des cendres et des coulures dans le barbecue.

Tiffanie dort dans le canapé.

Dans la cuisine, restent Marvin, Kevin et Ludo. Autour d'eux, des packs crevés, des bières ouvertes où s'évente un jus noir de mégots. Des assiettes, des plats, des saucisses froides.

Chris a vu, tout à l'heure, Marvin et sa mère s'embrasser. Il a bu pour se donner de la colère. Tiffanie étant endormie, il s'est décidé. Il se place dans l'encadrement de la porte, à l'entrée de la cuisine.

Marvin a compris. Il prend une chaise.

Il est le seul à être assis, comme un coupable ou comme un juge.

– T'es qui ?

L'affrontement survient, inévitable.

– Marvin.

Marvin prend soin de ne pas relancer. Il fait comme s'il ne voyait pas son agressivité. Il ne peut pas y avoir d'explications entre un homme et un enfant.

– T'es chez moi ici.

Marvin fume une longue taffe, passe le joint à Kevin.

– Oui.

– Je te connais pas.

– Ça y est, tu me connais.

Il n'y a aucune trace de défi ou de mépris dans sa voix. Ce calme pique la curiosité.

– Je te dis que je te connais pas.

Marvin ne répond pas.

– T'es venu pour baiser ma mère.

– Elle m'a invité. Et tu devrais pas parler comme ça.

– Je parle comme je veux. T'as rien à me dire ! T'es pas mon pote.

– Mes potes ont le même âge que moi.

– Tu crois que je peux pas te crever ?

– Pourquoi tu veux me crever ? Parce que je te dis de pas insulter ta mère ?

Chris se rapproche de Marvin comme s'il voulait le frapper. Kevin l'arrête.

– Calme-toi.

– C'est un enculé.

Marvin n'a pas bougé de sa chaise.

– Je suis venu ni pour me battre ni pour me faire insulter.

– Moi, je te dis que t'es un enculé.

– Je suis pas venu prendre la place de ton père.

– Parle pas de mon père !

– Je vous respecte, toi et ta famille.

– Je veux pas de toi dans ma maison.

– Je suis là parce que ta mère m'a invité.

– Casse-toi de chez moi !

Il y a un moment de silence. Il faut que ça explose ou que ça s'arrête, mais il faut en finir avant que les mots en entraînent d'autres. Marvin sait que Ludo prend plaisir à cette montée de violence. C'est dangereux. Si le gamin lui saute à la gorge et qu'il se défend trop, ils seront trois à lui tomber dessus. L'élément déterminant c'est Kevin.

Il a retenu Chris. S'il ne dévie pas, Ludo n'osera rien faire. Sinon, il n'y a plus qu'à se ménager une sortie.

Marvin regarde rapidement Kevin. Il est tendu. Il craint qu'il y ait de la casse. Il passait une bonne soirée, toute cette tension le dégrise péniblement. On peut crever l'abcès, pense-t-il. Le gamin me saute dessus, on le maîtrise et c'est bien, ou tout le monde se calme et c'est bien.

Posément, il se lève de sa chaise en ayant soin de ne pas regarder Chris dans les yeux, il prend un verre sur le coin de l'évier, se sert un whisky. Il ouvre le congélateur. Le frigo, c'est l'intime d'une famille. Il sait que c'est un geste sacrilège. Il laisse tomber deux glaçons dans son verre.

– On boit un coup. On se battra plus tard.

Chris est médusé. Il hésite à lui rentrer dedans, Marvin n'est déjà plus dans son espace immédiat. L'ivresse lui tombe dessus.

Kevin profite de son hésitation.

– Prends un verre, Chris.

– Je bois pas avec cet enculé.

Puisqu'il est encore dans la pièce, puisqu'il a ouvert le frigo comme s'il était chez lui, puisque Chris n'a pas eu le cran de cogner, Marvin a gagné. Kevin tend un verre à Chris.

Ludo a des regrets.

– Le petit a raison. Son père est peut-être en prison, mais ça veut pas dire qu'y a une place à prendre.

– Il a raison. C'est pour ça que je reste tranquille.

Marvin fait entendre qu'il ne menace pas, qu'il est toujours serein. Ça commence à produire son effet, même sur Ludo.

– Je suis là pour prendre la place de personne. Ma place, je la connais. Il n'y a que moi qui la connais.

– Le père de Chris, c'est un ami. Tu sais ce que ça veut dire ? Il est peut-être en taule, mais Tiffanie, il l'aime toujours. Le petit a raison, tu prends une place qu'est pas à toi.

– L'histoire entre le père de Chris et Tiffanie, c'est pas mon histoire.

– Et moi, je te dis qu'il est encore amoureux de sa femme.

– Ils sont divorcés, tente Kevin pour apaiser les esprits.

Ludo éclate.

– On s'en fout, putain !

Il s'agit de ne plus alimenter une conversation qui dégénère. Une défense unique, fixe. Rester sur soi, sur sa bonne foi. Verrouiller pour que la discussion se termine d'elle-même.

– Je suis pas là pour prendre la place de quelqu'un.

– Tu fous la merde. Tu comprends ?

– Je suis pas là pour ça.

Chris ne suit plus rien. Il n'y a plus de place pour sa colère. Il est appuyé contre le mur, les yeux comme de la porcelaine.

Ludo comprend qu'il n'y a plus rien à faire pour raviver l'adolescent. À présent, s'il veut de la casse, ce serait à lui de se battre. Il prend la bouteille de whisky et sort de la cuisine sans rien dire, suivi de Kevin qui marmonne un au revoir confus. La porte claque derrière eux.

Marvin fume. Un café devant lui. La solitude sur le champ de bataille. Chris dort par terre. Marvin prend plaisir à cette cigarette et au café très noir, très chaud, qui dissipe l'ivresse. Bien. Très bien.

Il remplit deux grands sacs poubelle avec les déchets, les restes de nourriture, les canettes qu'il vide dans l'évier, les mégots. Il dépose les deux sacs dehors, devant la maison.

Il fait une vaisselle sommaire et passe un coup de balai.

L'ordre revenu, il peut s'occuper de Chris.

Tiffanie se réveille au bruit que fait son fils. Il n'en sort plus que des spasmes, douloureux, plaintifs. Le corps essaie de se débarrasser de lui-même.

Marvin soutient Chris par derrière, les bras passés autour du buste. Quand les spasmes ont pris fin, il arrache un morceau de papier toilette et lui essuie le visage.

– Ça va ?

– C'est fini. Je vais aller le mettre au lit. Toi, ça va ?

– Mal au crâne, mais ça va.

Marvin se cale sous l'aisselle de Chris et, d'un coup d'épaule, il le relève. Une main agrippée à la rampe, il monte l'escalier et le couche dans son lit.

Tiffanie l'attend au milieu du salon. La fatigue et les excès lui font un visage gris.

– Faut que j'aille me coucher, je crois. Tu viens ?

– Tu veux que je reste ?

– Avec plaisir.

Tiffanie enroule ses cheveux mouillés dans une serviette. Elle s'observe dans le miroir de la chambre. Marvin est assis sur le lit.

– Ludo m'a parlé de ton mari.

– Ludo est un con.

– C'est à cause de la prison que tu le vois plus ?

– Non.

– Il voyait plus les gars ?

– Il s'est souvenu qu'il avait des fils il y a pas très longtemps. Il a fallu qu'il aille en taule pour ça.

– Il a pris combien ?

– Sept ans.

– Pourquoi ?

– J'aime pas parler de ça… Un braquage.

– Vous vous êtes jamais revus ?

Elle frotte ses cheveux, enlève la serviette comme un coup de fouet.

– Non.

Le lendemain, Marvin se réveille alors que Tiffanie a déjà quitté le lit. Il fait sa toilette, s'habille et sort de la chambre, prêt à s'en aller. Il est dix heures.

Le petit est devant la télé. Tiffanie est avec lui.

Chris mange un bol de céréales sur la table du salon.

Marvin embrasse Tiffanie, dit bonjour à Joris qui répond vaguement. Il s'approche de Chris.

– Ça va ?

Le bruit de mastication est la seule réaction qu'il obtient.

– J'ai vu que t'avais une canne à pêche dans ta chambre.

– Tu rentres pas dans ma chambre.

– Je vais pêcher. Si tu veux venir.

– J'ai autre chose à foutre.

– C'est comme tu veux.

L'art de la conversation

Celui-là comprend vite, pense le patron. C'est une bonne recrue. Ses deux collègues sont des vieux loups du bâtiment. Le nouveau leur plaît. Il a payé le resto la deuxième semaine, et depuis il amène régulièrement le petit déjeuner. Surtout, il réfléchit avant de s'y mettre. Ça évite de refaire derrière. Les jeunes, d'habitude, ne supportent pas qu'on leur dise quand ça ne va pas. Ils se braquent et tu les revois plus. Au moins, lui, il écoute. Pas de fierté mal placée. En résumé, il sait bosser. Et avec ça, très sympa. Il peut causer de tout et avec n'importe qui. Sur un chantier, c'est souvent lui qui s'entretient avec les clients. La vie des autres l'intéresse. Jamais à court de conversation. Il n'est pas rare que les gens lui fassent visiter tout leur logement, en réponse aux questions qu'il pose sur l'architecture, l'isolation, la charpente, l'électricité, le raccordement au tout-à-l'égout… Étonnant comme les gens, quelle que soit leur classe sociale, aiment qu'on se passionne pour leur territoire.

Ainsi, Marvin est fréquemment invité à prendre l'apéro après le chantier. Les collègues n'en sont pas jaloux. Le patron non plus. Le contact avec les clients est un mal nécessaire. Lui a l'air d'y prendre plaisir, grand bien lui fasse ! Tout le monde y trouve son compte. Il venait, au départ, pour quelques semaines, mais il a prolongé. Le patron espère qu'il s'implantera vraiment dans l'entreprise.

Le jeudi, Marvin intervient en SAV. Cette fois c'est une soudure qui déconne, alors qu'ils l'ont faite il y a huit mois. Il a participé au chantier initial, normal que ce soit lui qui s'y colle. Un client particulièrement bavard. La première fois, il offrait le café aux gars. Il appréciait leur compagnie. L'ensemble du réseau était vétuste et ils ont tout changé. L'argent cumulé des assurances et du procès a permis au client de réhabiliter la boutique de fond en comble. C'est important, l'image d'un lieu, surtout pour un bijoutier. Finalement, une perte pour un mieux. Si l'on oublie le préjudice moral, évidemment. Un vol à main armée, c'est quand même choquant.

Aujourd'hui, lorsque Marvin se présente à lui, le client a perdu sa convivialité :

– Vous vous rendez compte, moins d'un an après votre passage !

De l'eau goutte sur le sol de la cave. Marvin s'excuse pour le désagrément, ferme l'arrivée générale et refait une soudure propre.

Madame Suzon

À leur première rencontre, Tiffanie a insisté pour ne pas l'appeler Suzon et refusé du même coup de la tutoyer.

– On vous appelle bien Tiffanie, vous.

– Excusez-moi, madame Hilard, mais on n'a pas le même âge.

La vieille s'était mise à rire d'un beau rire de dame.

– Vous avez raison.

– Il y a des patients qui me tutoient, je leur dis non. C'est important que je fasse pareil dans l'autre sens, vous ne croyez pas ?

– Si ça vous fait plaisir.

– Ça me fait plaisir.

– Mais pas madame Hilard, si vous voulez bien. Ça me vieillit. Vous pensez si j'ai besoin de ça.

– Alors je vous appelle comment ?

– Puisque Suzon ça ne vous plaît pas : madame Suzon, si vous voulez. Ça fait un peu maison de passes, mais ça ira.

Il y a maintenant deux ans que Tiffanie vient chez elle, une heure et demie le matin, une heure en fin d'après-midi. Elle a pu voir et accompagner sa dégradation. Madame Hilard vit encore chez elle, mais le moindre accident et ce ne sera plus possible.

Il ne fait pas froid, pas de vent non plus. Tiffanie fait le chemin à pied. Elle traverse le brouillard qui transpire des champs.

Madame Hilard habite une maison sans étage, près du centre. Le couloir dans lequel Tiffanie pénètre est lambrissé, tout en bois sombre, avec, aux murs, de vieilles lanternes en cuivre.

Elle retire son manteau couvert d'eau de brouillard, passe par la salle de bains, se sèche le visage, change ses chaussures, enfile la blouse, se lave les mains.

Dans la chambre, madame Hilard dort, la respiration lourde comme celle des enfants. Tiffanie remonte le volet. La lumière qui entre est pâle.

– Bonjour, madame Suzon.

La vieille forme un dôme bien rond sous les couvertures. Le jour l'éblouit. Ce qui lui revient en premier : la politesse élémentaire, apprise il y a si longtemps qu'on la garde en soi, même quand on ne sait plus son propre nom.

– Bonjour, madame.

Tiffanie entend que la voix n'est pas sûre. La nuit efface tout, c'est habituel.

– Madame Suzon, c'est Tiffanie. Je suis là pour vous aider ce matin. Je suis venue hier. Vous vous souvenez ?

– Je ne sais pas.

– Vous avez bien dormi ?

Tiffanie se met bien en face et sourit tout doucement, pour faire sourire la vieille en même temps ; le bord des lèvres monte. Les yeux s'animent. Le visage montre à l'autre visage.

Madame Hilard se laisse faire. La mémoire n'est pas revenue mais la confiance grandit. Tiffanie a besoin que la vieille femme lui accorde sa confiance. Sans quoi les matinées sont difficiles. Pendant plusieurs heures parfois, il arrive que madame Hilard demeure absente. Les conversations n'existent pas ; elle reste farouche et les soins d'hygiène sont comme une punition. Ces heures-là font douter de tout.

– Alors madame Suzon, est-ce que vous avez bien dormi ?

– Oui, je crois.

– Vous avez la force de vous lever ?

– Mais je ne sais pas si on est au bon endroit.

– Comment ?

– Je ne sais pas si on est au bon endroit.

– Vous pensez que vous êtes où ?

– Je ne sais pas. Mais ce n'est peut-être pas le bon endroit.

Les mondes tournent autour de la chambre.

Il faut d'abord que les mondes cessent de tourner ; enraciner la conversation dans un sujet simple et concret. Pour ensuite l'amener à se lever et à bien vouloir prendre une douche.

– Vous voyez comme il fait gris ce matin ? En venant, il y avait un de ces brouillards…

Tiffanie prend une mèche de ses cheveux et la passe sur le front de madame Hilard.

– Vous devez avoir froid avec les cheveux mouillés comme ça.

– C'est le brouillard.

– Eh bien…

– C'est vrai que j'arrive pas encore à me réchauffer. Si vous voulez bien, je prendrais peut-être un café tout à l'heure avec vous.

– Si ça peut vous faire du bien.

– Je vous remercie, madame Suzon. Vous êtes gentille.

– Si vous le dites.

– Pour prendre le café, il faut que vous sortiez de votre lit.

– Vous pensez que je dois sortir ?

– Je pense, oui. Vous ne prenez pas votre petit déjeuner au lit.

– Ah ?

– À table c'est mieux.

– Vous devez avoir raison.

– Allez, vous allez vous lever. Je vais vous aider.

Tiffanie s'assied au bord du lit.

– Ça va ?

Elle dégage madame Hilard jusqu'à la taille.

– Est-ce que vous pouvez vous redresser madame Suzon ?

Dès que l'espace est suffisant, Tiffanie glisse un oreiller dans son dos.

– Vous avez froid ?

– Non, ça va.

Tiffanie retire les couvertures et les met en boule de l'autre côté du lit. L'odeur d'urine est suffocante.

– Vous êtes prête à vous lever ? On essaie. Si vous avez mal vous me dites et on arrête.

Elle approche le déambulateur. La vieille saisit les poignées. Tiffanie s'est placée à son côté.

– On va y aller tranquillement. Vous êtes bien ?

– Oui.

– Alors on y va.

Toutes deux se soulèvent du lit.

Quand elles sont debout, stables, le risque de chute réduit au maximum, elles s'accordent un moment, le temps d'apprécier l'équilibre qu'elles ont gagné, encore aujourd'hui, sur la fragilité des membres. Tiffanie desserre l'étreinte. La vieille peut marcher sans aide, juste une présence au cas où.

– Madame Suzon, si vous voulez bien, nous allons commencer par aller prendre une douche.

La vieille est absorbée par l'effort de la marche. Elle regarde le sol un peu plus loin devant le déambulateur, qu'elle soulève et fait avancer par petits rebonds.

La salle de bains est composée d'une douche à l'italienne avec un fond anti-dérapant et des barres de sûreté accrochées aux parois.

Tiffanie se lave les mains.

Madame Hilard est debout, en appui sur le déambulateur. Sa robe de chambre comme une armure.

– Est-ce que vous voulez de l'aide pour défaire le nœud ?

– J'ai froid.

– Je monte le chauffage.

Elle tourne à fond le bouton du grand sèche-serviettes qui prend toute la hauteur du mur.

– Maintenant il n'y a plus de raison d'avoir froid. Il faut que vous enleviez votre robe de chambre madame Suzon.

– Vous gardez vos habits, vous.

– Moi j'ai pris ma douche ce matin avant de venir. Vous, vous n'avez pas encore pris la vôtre... Je vais vous aider, mais je ne vais pas y arriver toute seule.

Tiffanie accroche la robe de chambre au sèche-serviettes.

Elle ouvre le robinet de la douche pour que l'eau chauffe.

Madame Hilard, aidée de Tiffanie, enlève sa chemise de nuit et ses protections.

Il n'y a plus que le corps taché de violet, de rouge, de noir, aux jambes fines, au ventre gonflé.

Tiffanie vérifie la température sur l'intérieur de son avant-bras, commence par arroser les chevilles.

– Ça va la température ?

– Ça va, oui.

– Pas trop chaud ?

– Non.

– Tenez, faites toute seule.

Tiffanie met la pomme de douche dans la main de madame Hilard et ne lâche que quand tous les doigts sont refermés autour.

– Vous pouvez laisser les cheveux, ils sont propres, ça peut encore attendre.

Quand elle juge que ça suffit, elle récupère la pomme de douche, passe un coup dans le dos de madame Hilard, mouille un gant de toilette, éteint la douche, écarte l'ouverture du gant pour que la main de la vieille puisse y rentrer.

– Je vous laisse vous savonner.

Tiffanie la rince dans la foulée.

Propre, sèche, habillée, madame Hilard est dans le gros fauteuil du salon. Gros fauteuil en cuir noir, qui s'incline et se redresse à l'aide d'une télécommande. Sa maison exceptée, c'est l'achat le plus coûteux qu'elle ait fait de toute son existence. Ce sont ses enfants qui l'ont décidé pour elle.

Tiffanie l'a conduite dans le fauteuil le temps de préparer le petit déjeuner. La télé est allumée.

Quand tout est prêt, Tiffanie vient s'asseoir à côté d'elle. La télé diffuse un documentaire sur les animaux du grand Nord.

– Madame Suzon. Est-ce qu'un massage ça vous ferait plaisir ?

– Si vous voulez, oui.
– Je vais vous faire un massage des pieds.

Tiffanie apporte une serviette propre, des bas de contention, une bassine, de l'huile, un coussin. Elle se met à genoux sur le coussin.

Le pied gauche pour commencer. Elle retire le chausson.

– Je ne vous fais pas mal ?
– Non. Rassurez-vous.

Elle pose le pied dans la bassine, l'arrose d'huile et le prend dans ses mains, pied jauni par le temps, aux ongles jaunes et durs, qui se recourbent comme des serres d'oiseau. Sur la paume et le bout des doigts, elle sent les cals, tous les accidents de la peau. L'eau de la douche a assoupli certaines zones, à d'autres, les rides sont rapprochées comme la tranche d'un livre. Tiffanie détend, réchauffe, déplie, va chercher avec le pouce les endroits les plus sensibles. Elle n'oublie pas les recoins, entre les doigts de pieds, là où les mycoses ont fait des crevasses qui se sont ensuite refermées et se sont durcies comme des morceaux d'écorce, qu'il faut faire attention de ne pas rouvrir. De l'huile sur tout ça, pour retrouver les sensations sous la peau morte.

La vieille femme, d'abord frileuse, s'est décrispée. Elle prend maintenant un grand plaisir, le plaisir enfantin des caresses. Des frissons sur les cuisses, les bras, dans le dos. La tête en arrière, enfoncée dans le fauteuil, les yeux fermés.

Tiffanie essuie le pied avec la serviette, met le bas de contention et le chausson.

Quand vient le tour du deuxième, madame Hilard n'a plus de frissons. Elle est bouleversée. Elle pense à ses parents. Tiffanie devine les pleurs qui montent dans sa gorge. Elle continue à masser. Elle s'imagine qu'à chaque pression, elle expulse les pleurs. La vieille ne fait pas de bruit mais de grosses larmes tombent sur Tiffanie.

Quand elle a fini, Tiffanie s'essuie les mains sur la serviette, pousse sur le côté les accessoires et le coussin et se relève. Madame Hilard est consciente. Parfaitement consciente que ses parents sont morts, que Tiffanie est l'aide-soignante qui vient la voir depuis longtemps et qu'elle-même est une vieille femme. Tiffanie se penche et lui embrasse le front. Madame Hilard monte les bras, c'est un effort qui fait trembler son buste tout entier. Elle prend dans ses mains le visage de Tiffanie. Les pleurs reviennent et lui brisent la voix.

– Vous êtes gentille…

– Je me lave les mains et on va prendre un café madame Suzon.

Sans rancune

Ce dimanche, le père de Tiffanie attend sa fille et ses deux petits-fils à déjeuner. Pour la première fois, Marvin les accompagne.

Dans la cour gravillonnée, les pneus font un bruit d'averse.

La chaleur de la voiture s'enfuit quand les portes s'ouvrent et le lieu emplit Joris de grandes promesses. C'est l'endroit du monde où il se sent le mieux. Même depuis que Mamie-Jo est morte.

Dans le mur, où le crépi tombé par plaques laisse entrevoir des briques décolorées, s'ouvre une porte à deux battants.

Le grand-père appuie de tout son poids pour ouvrir.

C'est un homme sec, droit comme une planche, qui s'avance vers eux. Son visage est travaillé par des rides, celles épaisses comme des tendons à quoi se reconnaissent les vieux qui ont passé leur vie dehors.

Joris aime trop son grand-père pour venir à lui tout de suite. Il est déjà parti plus loin.

Tiffanie embrasse son père. Chris s'en acquitte vite, sans un mot, et file ensuite dans la maison. Marvin se présente. Le grand-père lui serre la main. Marvin sourit un peu, le grand-père non. La vieillesse venue, et depuis que sa femme est morte surtout, il a rétréci sa vie autour des gens qui lui sont proches. Les autres ne l'intéressent plus.

– Ça va papa ?

– J'ai eu toutes les peines du monde à me sortir du lit. J'ai pas pu me rendre à la messe.

– Tu l'as regardée à la télé.

– Je l'ai prise en cours. Mais ça m'a mis en retard. Il n'y a pas une heure que le poulet est au four.

– On va attendre, c'est pas grave.

– Je dis ça pour lui. Il a peut-être faim.

– Je peux attendre, dit Marvin.

– D'autant que j'ai pas encore fait le poêle. Ma petite fille, sers l'apéritif. Je vais m'occuper du feu.

– Tu veux que Marvin vienne t'aider ?

– Je peux encore porter mon bois. Mais tu peux m'envoyer ton grand si ça te fait plaisir. Ça ne lui fera pas de mal de se rendre utile.

Tiffanie se crispe. C'est le premier coup de feu. À blanc pour l'instant. Elle aimerait que tout se passe sans éclat entre elle et son père. Entre Chris et son grand-père, surtout.

Joris a été rendre les premiers saluts à la carcasse de l'Acadiane. Elle est dans l'espace en friche entre la grange et le potager. Le métal d'un bleu pâle, éreinté par la rouille, tient encore, malgré les années de plein air. La fourgonnette est sur les jantes mais elle est entière.

Les herbes ont envahi la voiture, elles sont hautes et gorgées de pluie. Joris est venu avec le souvenir du soleil d'été qui fait la taule brûlante mais laisse, dans l'habitacle aux vitres cassées, un peu de fraîcheur. On peut vivre des heures d'exaltation solitaire dans ce vestige de la puissance adulte. Joris aime cette voiture. Mais il hésite à y grimper.

Il se dirige vers l'établi dans la grange, couvert de boîtes de cigares métalliques remplies de clous et de vis de toutes tailles. Après avoir fouillé sous l'établi, dans le tas de métaux noircis – restes de moteurs, vieux outils –, Joris s'aventure plus au fond de la pièce, là où le grand-père entasse les planches.

La main dans ses cheveux le surprend en pleine réflexion.

– Ça va mon grand ?

L'enfant ne se retourne pas. Il recule un peu la tête, appuie contre le torse de son grand-père une espèce de câlin.

Puis il le suit dans la remise attenante à la grange, les bûches forment un tas régulier. Il y a un merlin appuyé au mur, et, par terre, au milieu, un morceau de tronc épais, d'un mètre de diamètre, dur et recouvert d'entailles. C'est là que le grand-père fend son bois.

De ses mains longues, des mains de grand singe au bout de son corps rapetissé, il attrape les bûches, les pose droites et les fend d'un coup de merlin. Le merlin est devenu lourd mais le grand-père sait comment composer avec sa faiblesse. Il lève l'outil juste assez haut pour que le poids suffise. Il sait où s'arrêter pour ne pas utiliser de force inutile.

Le bois casse comme s'il cachait une fissure secrète.

Quand le grand-père vient prendre le deuxième chargement de bois, Joris est aux clapiers.

La carcasse de l'Acadiane lui semble à nouveau désirable, avec un lapin.

Il y a six clapiers. Quatre sont occupés. Joris est à genoux devant l'un d'eux.

Il regarde l'animal dormir. Le lapin est recroquevillé sur un fond de paille bruni par l'urine. Son cœur saute si vite. On dirait qu'il s'emballe une dernière fois avant de s'arrêter d'épuisement.

Joris a beau surveiller l'excroissance de battements et de poils, ça ne s'arrête pas. Comment peut-il dormir avec ce tremblement dans le ventre ?

Il attrape le lapin et l'emporte, escalade la voiture, s'assoit sur le siège conducteur, le lapin sur les cuisses.

L'animal essaie de plonger entre les genoux de l'enfant.

– Reste là.

Il l'attrape par la peau du cou mais le poil glisse. Le lapin saute et se tapit sous le siège de l'Acadiane.

Joris descend du siège. Il se contorsionne pour arriver à s'accroupir, les jambes contre les pédales, la tête tordue pour apercevoir le lapin. L'animal vibre, aplati autant qu'il peut sous l'armature métallique. Il pisse. Joris parvient à glisser un bras jusqu'au lapin. Il agrippe ce qui vient. La peau du cou. Le lapin essaie de mordre mais Joris le ramène vers lui et le coup de dents se perd dans le vide.

Il le met sur le siège, le maintient avec ses deux mains et se redresse.

– Tu t'en vas pas encore, je te préviens…

Les mains de l'enfant pèsent de plus en plus sur le lapin.

– Tu comprends ?

Le cœur sous les mains bat plus vite encore, les moustaches s'affolent, les deux petits yeux palpitent, les oreilles sont collées à la nuque. Joris saisit le lapin en glissant les pouces sous les pattes avant et le soulève pour mieux le regarder. La peau remonte et fait une collerette derrière la tête de l'animal. Le bas du corps, au contraire, est tendu comme un pyjama trop petit. Joris secoue le lapin.

– Tu préfères qu'on te mange ? Tu préfères qu'on te mange, hein !

Le lapin, jusque-là silencieux, se met à couiner et ne s'arrête plus. Joris approche son visage. Il est pris d'une tentation de tuer cette bête, si faible entre ses mains. Tout en secouant le lapin, il parle à la manière des adultes, heureux de sa puissance et du mal qu'il fait.

– Tu vas m'écouter maintenant !

Une violente claque derrière le crâne le sort de son sadisme.

– Lâche-le, tu vas le tuer.

Le lapin est revenu sur les cuisses de Joris. Celui-ci a remis ses mains pour l'empêcher de s'enfuir, par réflexe. Chris a passé les bras par la fenêtre. Deux tentacules qui menacent de frapper encore.

– Donne-moi le lapin.

– Laisse-moi !

Chris lui attrape les cheveux.

– Donne.

Joris crie de toutes ses forces. Il tente de mordre et de cracher. Ses mains sont prises par le lapin.

Papi Jean-Marie a observé la scène, de loin.

Il pose son chargement de bois au milieu de la cour.

– Laisse ton frère tranquille.

Les enfants ne l'entendent pas. Ils continuent, l'un à crier, l'autre à exiger.

– Donne-moi ce lapin ou je t'en colle une.

Papi Jean-Marie s'approche sans se hâter. Sa main agrippe l'épaule de Chris. D'un geste, il lui fait sortir les deux bras de la voiture et pivoter d'un demi-tour pour le mettre face à lui. Il y a un moment de surprise où Chris ne dit plus rien. Le grand-père est plus petit, le visage levé, volontaire. Il n'a pas peur de son petit-fils. Il aura le dessus, de toute façon. Il n'y a plus grand monde qui ose regarder Chris comme ça. Le grand-père a gardé dans sa main le pull de Chris. Sa main tremble mais le biceps et l'avant-bras tiennent fermement.

– T'as pas autre chose à faire que d'emmerder ton frère ?

– Mais c'est lui, putain ! Il était en train de le tuer !

– C'est pas vrai, proteste Joris.

– Ta gueule !

– Tu sais faire quoi à part maltraiter les plus petits que toi ?

Chris se dégage le bras et commence à partir.

– Mais comme c'est lui tu dis rien ! T'es trop vieux et t'es trop con.

– Dégage, répond le grand-père.

Chris remet son pull droit et retourne à la maison.

– Vieux de merde.

Papi Jean-Marie passe sa tête par la fenêtre de l'Acadiane.

– Donne-moi le lapin. Et sors de là, on va manger.

Marvin refuse le vin que le grand-père fait mine de lui servir. Lui s'en verse un plein verre.

Les garçons sont partis après avoir mangé le poulet. Joris est retourné dans la grange. Chris joue à la console dans le canapé. Le début du repas a été pénible, les deux frères se chamaillant, s'insultant, le grand-père agressif, Tiffanie honteuse, Marvin absent.

Le grand-père dit le plus fort possible :

– Quand j'étais jeune, on ne sortait pas de table au milieu du repas. Mais il est vrai qu'on était éduqués.

– Arrête, papa.

– Je suis chez moi, je dis ce que je veux, et je dis que tes gamins ne sont pas éduqués.

Il se tourne vers Marvin :

– C'est pas vrai ? Vous pouvez le dire, hein. On ne leur dit plus rien. Pas étonnant s'ils deviennent des abrutis... En même temps c'est pas plus mal, on est tranquille maintenant qu'il joue avec sa connerie.

Chris se verrouille. Il ne répond rien. Papi Jean-Marie part d'un ricanement qu'il éteint avec une gorgée de rouge.

– Un coup de pied au cul, c'est tout ce qu'il lui faudrait. Si t'avais pas été chercher une tête brûlée pour faire deux gosses...

– Lâche-moi, papa.

– Y avait marqué taulard sur son front, avant même qu'il fasse quoi que ce soit... Y a bien que toi qui le voyais pas.

Tiffanie laisse passer. Elle amène les fromages.

– On garde les assiettes, ça vous dérange pas ? Ça fait toujours ça de vaisselle en moins.

– Du temps de ta mère, il en aurait pas été question.

– C'est vrai.

Alors que Tiffanie a un petit sourire tendre, des larmes, les larmes qui viennent tous les dimanches avec l'alcool, prennent le grand-père.

– Elle n'aimerait pas voir ça.

Marvin regarde son verre. Tiffanie prolonge son doux souvenir autant qu'elle peut, elle sait que son père ne va pas rester au bord de l'amertume. Il faut qu'il s'y plonge en entier.

– Elle n'aimerait pas voir ce qu'on est devenu.

Il pleure sèchement, des larmes de vieux, sans effusion.

– T'as bien fait de partir, va...

Tiffanie le prend contre elle.

– Allez papa. On va lui faire une belle messe de souvenir.

Le café est dans les tasses, la table dégagée, la vaisselle en attente dans l'évier. Le grand-père demande si Marvin sait jouer à la belote.

– Ça fait longtemps, mais oui.

– Et le grand con, est-ce qu'il sortirait le nez de son écran pour faire une belote ?

– Il sait jouer ?

– Évidemment je sais jouer !

– Tiffanie, tu te mets avec monsieur, nous on va jouer ensemble avec Chris.

– J'ai pas envie de jouer avec toi.

– Je te demande pas ton avis.

– Si c'est pour que tu me gueules dessus, c'est pas la peine.

– Je ne t'engueulerais pas si tu faisais moins de conneries.

Marvin distribue les cartes. Atout Pique. C'est Chris qui commence à dire.

– Je prends pas.

– On dit « un ».

– Un.

– Un.

– Un.

– Un

– Deux.

– Je prends à trèfle.

Chris joue à la belote depuis son jeune âge. Des parties qui se suivaient pendant des heures, entre lui, ses grands-parents et un voisin. Durant les parties, Mamie-Jo poussait régulièrement des petits gloussements de chien, fuites incontrôlées de ses réflexions.

Papi Jean-Marie jouait à la parlante, comme aujourd'hui.

– T'as vu que je pisse du cœur alors que t'es maître ? Tu sais ce que ça veut dire ?

Chris garde le visage enfoui derrière l'éventail de ses cartes, à se torturer pour savoir quoi mettre à la relance. Pique.

– Qu'il est con ! Je te fais un appel gros comme ça et tu joues tout le contraire. Ils vont couper. On l'a trop joué, c'est garanti ! On l'aura tellement dedans qu'on pourra plus s'asseoir.

– Ttt.

– Réfléchis, c'est tout. T'es pas plus con qu'un autre, nom d'un chien... Oh, t'as de la chance ! T'as de la chance mon fumier ! Y a une bonne étoile pour les têtes percées, c'est pas Dieu possible... C'est à toi de ramasser. Et cette fois réfléchis avant de poser.

Marvin et Tiffanie se font des petits signes amoureux au-dessus des coups d'électricité du grand-père et de Chris. L'ado supporte la première partie mais la deuxième est à peine commencée qu'il quitte la table en insultant son grand-père et sa mère qui essaie de le raisonner. Il monte à l'étage et ne descend qu'au moment de partir.

Quand c'est à son tour de dire au revoir au grand-père, Chris tend une joue inerte. Papi Jean-Marie lui attrape la tête.

– Sans rancune, mon grand ? Je suis content de t'avoir vu... Je ne suis pas toujours gentil avec toi, je sais bien... Mais ça me rend malade de te voir comme ça, à pas savoir quoi faire de ta jeunesse. Et de voir que t'es pas heureux.

Chris a un mouvement de tête comme s'il chassait une mouche.

– C'est bon...

– Tu peux dire ce que tu veux : t'es pas plus heureux que moi. Sauf que moi je suis vieux. Toi t'es jeune, nom de Dieu !

Chris se dégage. Papi Jean-Marie lui met les mains sur les épaules.

– Tu reviendras, hein ?

– Mais oui.

– Tu m'en veux pas ?

C'est gênant ces remords de vieillard. C'est plus facile de réagir aux méchancetés. Chris s'engouffre dans la voiture.

La loi de la nature

Une truelle et un sécateur dans le chariot, Marvin arpente les rayons. La mi-octobre est particulièrement douce. Tiffanie lui a dit qu'elle aimait le jardinage, mais qu'il y a des années qu'elle n'a plus trouvé la motivation.

Le voilà dans l'animalerie. Des oiseaux sautillent de perchoir en perchoir comme s'ils avaient une trotteuse dans le crâne. Du sport en salle. Après ce sont les rongeurs et leur odeur de copeaux souillés. Hamsters, rats, souris, dans des enclos en plastique transparent. La queue des rats, long muscle à peau douce, s'agite. Cinq morsures par seconde, 500 kilos de pression par cm^2. Rongent le béton, le métal, tout. Ont colonisé 80 % des îles du monde. Infiltrent les écosystèmes, s'imposent, font s'effondrer les équilibres. Ceux qu'il a sous les yeux sont beaux, blanc-gris. Mais hors de la cage…

Joris colle son front au plexiglas.

– Ils peuvent rigoler, comme nous. Tu sais ça ? Il suffit de leur faire des chatouilles dans le cou, susurre Marvin.

– Trop mignons…

– Ils fouillent partout, tout le temps. Dès qu'ils trouvent de la nourriture qu'ils ne connaissent pas, ils se méfient. Mais il faut bien manger, tu ne penses pas ?

– Oui.

– Chez les rats, il y a les forts et les faibles. Les faibles essaient en premier et, s'ils meurent parce que c'est toxique, les forts n'en prennent pas.

– C'est horrible.

– Ils sont bien organisés, tout simplement.

L'enfant s'éloigne. Il n'a plus envie d'en avoir un chez lui. Marvin passe par les aquariums, les cages, les pièges et les poisons. Il poursuit ses courses en prenant quatre sacs de terreau, des graines d'aromates, de poireaux, d'artichauts, de carottes. Il voudrait aussi une plante à offrir à Tiffanie.

Ce sera une passiflore.

Il connaît ses goûts, désormais.

Une prière pour Mamie-Jo

La messe est à l'intention de Mamie-Jo. Il y a cinq ans qu'elle est morte. Papi Jean-Marie a choisi les chants et acheté une gerbe qu'ils iront mettre au cimetière ensuite, ainsi qu'ils font tous les ans. Il est en habits sombres mais pas noirs comme pour l'enterrement. Il se tient sur le parvis, penché, amaigri. Le deuil l'a amené à ce point de tristesse où les larmes ne viennent plus. La tristesse ne le quittera qu'avec la mort ou la mémoire qui craque.

Marvin est assis entre Chris et Tiffanie. Tiffanie lui tient la main. La messe est commencée depuis une demi-heure.

Le visage de Marvin est étrange, vu de côté. Le menton un peu rentré, le regard fixe, la bouche tirée par quelque chose qui ressemble à un sourire.

Chris lui demande :

– T'es croyant ?

– Non.

– Pourquoi tu regardes comme ça ?

– Ça m'intéresse.

– Moi ça me fait chier.

– Pas grave, maintenant silence.

– C'est quand la fin ?

– Je sais pas.

Tous se lèvent pour chanter. Chris reste assis.

– Lève-toi, dit Marvin.

– Je suis fatigué.

– Lève-toi, je t'ai dit. Tu fais comme moi, même si tu crois pas, tu respectes ! Et c'est pour ta grand-mère qu'on est là. T'es son petit-fils, non ? Alors, lève-toi.

– Après le truc pour mamie, je me barre.

– En attendant tu fais comme tout le monde.

Au moment de la prière pour Mamie-Jo, Chris, tout à coup, se met à jeter des coups d'œil autour de lui, on dirait qu'il va vomir. Marvin lui fait signe de se laisser aller, et l'adolescent répand son chagrin sur sa chemise et sa stature d'adulte.

Joris se colle contre Tiffanie, elle répond par un câlin puis elle le remet sur sa chaise, fait déplacer aussi doucement que possible les gens de la rangée. Le visage de son père tremble, ses joues sont froides comme les murs de l'église.

Tout ce qu'il voudrait dire lui reste dans la gorge. Il abandonne les mots qu'il ne dit pas entre les bras de sa fille.

Dans le fond, une petite dame s'essuie les yeux. Elle est arrivée après le début, en poussant la porte aussi étroitement que possible.

C'est Mamie-zette, l'autre grand-mère des garçons. Habillée pauvrement, constate Marvin.

Deux semaines après, Marvin annonce à Tiffanie qu'il doit quitter son logement et qu'il compte chercher près de chez elle, le temps de finir son travail.

Si ça ne la dérange pas.

Maintenant, il y a un endroit dans cette ville qui a de l'importance pour lui.

Tiffanie lui dit qu'il peut venir habiter chez elle pour le temps qui reste. En plus, les garçons l'aiment bien.

L'intrus

La porte de la chambre de sa mère est fermée, il ne s'y fait toujours pas. Frapper à cette porte est encore moins normal. Il frappe. La voix de Tiffanie lui répond d'entrer. Dans le lit, il y a sa mère, la couette remontée jusqu'au cou, et Marvin, tourné côté mur comme s'il dormait encore. L'odeur de la nuit humaine.

– Y a une bête dans la cuisine ! dit Chris.

– C'est grave ? demande Tiffanie avec agacement.

– Faut venir.

Marvin s'extirpe du lit, s'étire, torse nu, enfile un jean et un tee-shirt.

Il trouve Joris assis sur la table et Chris, accroupi, qui regarde sous les meubles.

– Qu'est-ce qui se passe ?

Tiffanie arrive derrière lui.

– Y a du bruit.

– J'entends rien.

– Regarde ça.

Sur la table, le pain est creusé. Un trou rond comme une balle de golf.

– En effet... Y a des gants de ménage ici ?

Il enfile ceux que Tiffanie lui tend. À l'aide d'un balai, il donne des coups sous le placard, jusqu'à ce qu'un rat sorte en trombe et s'échappe de la pièce.

– Vas-y on le bute ! s'enthousiasme Chris.

– On va le faire, mais pas n'importe comment.

– Pourquoi ?

– Parce qu'un rat est rarement seul. On a peut-être une colonie dans la maison.

– C'est pas non plus la fin du monde, tempère Tiffanie.

– Tu connais la leptospirose ?

– Non.

– Maladie transportée par les rongeurs. Ça te bouffe les reins, les poumons et le foie.

– J'ai vécu toute mon enfance à la ferme, y en avait dans tous les coins. Personne n'est mort. Et celui-là est bien plus clean que tous ceux que j'ai pu voir.

– Vous avez eu de la chance.

– Comment tu sais tout ça ?

– J'ai bossé un an avec un dératiseur.

– Dégueulasse, dit Chris.

– C'est pour ça que les gens paient cher. Mais bref, je vais pas vous raconter ma vie. Ce que je peux vous dire c'est qu'il faut agir vite.

– Qu'est-ce qu'on va faire ? demande Joris.

– On va inspecter toutes les pièces de la maison.

– Ma chambre c'est pas la peine, avec l'escalier.

– Les rats ça grimpe partout. Je vais même te raconter un truc. Les touristes, quand ils vont à Los Angeles, y a une grande rue avec des palmiers. Ils croient que c'est des oiseaux qui crient dans les branches. En fait, ce sont des rats. Donc on regarde dans toutes les pièces. Y a un grenier ?

– Pas aménagé, répond Tiffanie.

– On va y jeter un œil. Une cave ?

– Un vide sanitaire.

– Pareil. Faudra aussi faire le tour de la maison par l'extérieur. Si le rat est rentré, c'est qu'il a trouvé un passage.

– C'est pas un peu exagéré ?

– Non, chérie. Crois-moi. Vous voulez m'aider les gars ? Ok, alors vous trouvez des gants, une lampe – un portable ou n'importe quoi – et vous revenez là.

Habillés, gantés, les garçons écoutent les instructions.

– Il faut penser comme eux. Ce sont des animaux très curieux. Ils cherchent partout, ils fouillent. Et très voraces. On va bouger tous les meubles pour voir en dessous.

– Vous allez pas me mettre le bordel partout !

Marvin poursuit comme s'il n'avait pas entendu Tiffanie.

– On est à la recherche de crottes, ou de nourriture. Faut aussi qu'on inspecte les murs, les coins, au cas où il y aurait des trous. Si on tombe sur un rat, pas de panique, on le laisse s'enfuir.

– Tu déconnes ! s'insurge Chris.

– Non. T'es sur son passage, il va te mordre. Il en a rien à battre que tu fasses trente fois sa taille. Lui il est en mode survie. Mais si tu lui laisses l'espace pour s'enfuir, il prendra cet espace et s'en ira.

– On le tue pas, alors ?

– Si, mais en l'empoisonnant. On va repérer toutes les planques et les passages. On va acheter des pièges et du poison et mettre tout ça dans leurs endroits préférés. Notre arme, à nous, c'est notre tête !

Ensemble, ils fouillent pièce par pièce, bougent les meubles. Marvin prend des notes sur un carnet, indique s'il y a des crottes, des miettes, des endroits cachés où les rats pourraient passer sans être vus, des odeurs.

Dans les chambres des enfants, il retire les vêtements, regarde dans les placards et, sous les yeux médusés de Tiffanie, positionne une échelle pour scruter le haut des armoires.

– Comment veux-tu qu'un rat vienne là…

– Autant faire le travail à fond, et le faire une seule fois.

– Ton rat tout propre… regarde plutôt dans la salle de bains !

L'échelle lui permet d'accéder au grenier, il faut marcher sur des planches posées sur la laine de verre. Les enfants découvrent en même temps que lui cet endroit inhabité. Ils n'ont pas autorisation de rentrer dans la pièce, de peur qu'ils ne trouent le plafond et se retrouvent un étage plus bas. Marvin leur demande d'éclairer partout et d'être attentifs au moindre mouvement ou bruit suspect, pendant que lui soulève la laine et pousse aussi loin que possible les recherches. Le vide sanitaire est mieux connu des enfants, qui y ont été plusieurs fois pour jouer. On y parvient par une trappe dissimulée sous le paillasson de l'entrée. Le sol est fait de terre et de sable. Il y a moins d'un mètre de hauteur. Les trois chasseurs rampent et scrutent à travers la poussière soulevée par leurs déplacements. Ils trouvent un squelette d'oiseau. Peut-être une victime des rats ? On mettra un piège ici.

Le tour de la maison ne révèle rien de particulier, malgré le soin que Marvin y met. Pas un trou, pas une grille d'aération n'échappe à son examen. Il grimpe sur les appuis de fenêtres et passe sa main derrière les boîtiers des volets roulants.

– Mon homme des villes… ironise Tiffanie.

Ils font le point sur le nombre de pièges et de sacs de poison qu'ils vont disséminer, et se rendent à l'animalerie pour se les procurer. Ils passent aussi à la pharmacie pour acheter des masques et des gants chirurgicaux. La fin de matinée se passe à mettre de la mort aux rats dans des sachets congélation, puis à les disposer aux endroits repérés durant l'inspection. L'opération terminée, les masques et les gants sont jetés à la poubelle et chacun prend une douche.

Le lendemain, un rat agonise sur le sol du salon, pelage soigné, bien nourri. On attend encore quelques jours mais c'est le seul à mourir.

– Il a dû s'échapper d'un laboratoire… suggère Tiffanie.

– Qu'est-ce qu'il serait venu faire chez nous ?

– En attendant c'est le seul qu'on ait trouvé.

– Les autres sont partis. Ils ont senti que c'était piégé.

Deuxième partie

Rencontres

Au milieu du courant d'air

Alain respecte le silence de Chris. Il fait la conversation seul.

Chris n'en ressent pas d'agacement.

Il donne l'impression de s'anesthésier le plus possible. La présence d'Alain ne le rassure pas mais ne le dérange pas non plus. Ses craintes sont souterraines, il s'arrange pour ne rien préciser. Rester dans le vague, du côté de l'ennui.

La prison est en dehors de toute ville. C'est un bâtiment récent, aussi haut et lisse que possible. Tellement lisse et neuf que ça n'évoque rien. À peine dans le paysage. Une abstraction.

– On a une bonne heure d'avance, je te propose qu'on fasse un tour.

C'est la seule distraction possible, préférable à l'appréhension qui cisaille les jambes.

– Tu as pensé à ce que vous allez vous dire ?

– Non.

– Ça te fait plaisir de voir ton père ?

Chris ne peut pas répondre. Il n'a même pas entendu.

Plusieurs familles attendent comme eux. Quelques enfants, beaucoup de femmes, surtout des mères de détenus. Des bénévoles proposent du café, du jus d'orange.

La pièce est un cube de béton détaché du reste du bâtiment, une sorte de container aux murs blancs. Des affiches ont été placardées pour essayer de mettre de la couleur. Il y a des revues sur une table basse, des jouets dans un coffre, un tapis de jeu, des plantes vertes dans des gros pots, placées dans les coins pour casser l'effet boîte de cette salle d'accueil.

Chris ne veut rien. Alain accepte un café. Il se réchauffe les mains sur la tasse en regardant le carrelage. De vagues souvenirs ronronnent en lui.

L'odeur torréfiée attise son envie de cigarette. Il n'a pas osé devant l'enfant et maintenant, il aimerait terriblement en griller une.

L'heure arrive. Ils doivent d'abord passer par plusieurs sas. Un pour s'identifier, un pour attendre, un autre où il faut enlever ceinture, chaussures avant de passer sous un détecteur. Chris est contraint de laisser sa console et son briquet.

Une gardienne vient les chercher.

– Bonjour messieurs.

– Bonjour madame.

Chris ne répond pas.

– Tu dois dire bonjour ici, dit Alain.

– Jour.

La gardienne voudrait être son uniforme et rien d'autre. Chris lui devine malgré tout des seins, des cheveux blonds. Elle est encore jeune. Il la trouve belle.

Ils traversent une cour, arrivent à une grille, pénètrent dans un nouveau sas qui ouvre lui-même sur un couloir. Le parloir est au bout.

C'est un parloir dédié aux familles, avec des jeux de société. Le père n'y est pas encore. Alain et Chris s'assoient du même côté d'une table qu'on leur indique.

Chris est désancré.

Le lieu, le silence qui se met entre les rares bruits, cette existence encerclée de sas, de grilles, de gens aux visages clos, de chuchotements. Une chaise vide de l'autre côté de la table.

Sa pensée est un courant d'air qui passe et n'évoque rien.

Son père entre dans la pièce au milieu du courant d'air.

Chris ne réagit pas.

Le père tente un sourire. Chris ne comprend pas ce sourire, il y a un vide entre eux qui rend son père incompréhensible. Alain met sa main sur l'épaule de Chris, ils se lèvent.

Il amène l'enfant devant son père. Chris n'a aucune réaction. Rien qui puisse induire une marche à suivre. Le père ne sait pas quoi faire. Est-ce qu'il doit l'embrasser, lui serrer la main, juste lui dire bonjour, sourire, ne pas sourire, demander des nouvelles, s'excuser de tout ce temps sans le voir, faire comme s'il ne s'était rien passé ?

Alain s'approche de l'oreille de Chris.

– Tout a l'air interdit ici mais dire bonjour à son père est autorisé.

Chris baisse la tête.

– Bonjour.

Le père lui tend la main. Chris ne la prend pas. Le courant d'air est revenu.

Un sentiment très douloureux de honte, une honte qui grandit, insensée, qui brûle.

Le père et le fils sont dans une solitude infinie.

Alain dit :

– Embrassez-le, votre fils.

Le père enlace Chris, en lui tapant dans le dos pour moins de sentimentalité.

– Ça va ?

Alain serre la main du père.

– On va s'asseoir ?

Ils sont assis, Chris regarde par terre. Le père lui jette des coups d'œil à la dérobée.

Tout en lui demande de l'aide. Il est désarmé.

Alain est tranquille :

– C'est pas facile de venir jusqu'à vous.

– On est au milieu de rien ici.

– Il faut que votre fils ait vraiment envie de vous voir. Supporter deux heures de voiture à m'écouter parler tout seul, c'est long. Mais il est resté patient.

Les traits de Chris se détendent comme des cordages. Le père a senti le changement, il profite du regard ouvert de son fils.

– Ça me fait plaisir que tu sois venu. Ça me fait vraiment plaisir. Tu peux pas savoir.

Chris ne peut toujours pas parler, il replonge la tête.

Alain prend soin de la gêne de Chris, il enchaîne :

– Tant qu'on en parle, il faudrait qu'on voie pour une participation à l'essence. Si vous pouvez. Ce serait bien.

– Je vais bientôt commencer des heures de travail. Je prendrai dessus.

– Ils proposent quoi comme travail ici ?

– Des trucs à mettre en cartons, des parfums, des trucs comme ça.

– C'est pas trop l'usine ?

– Moi, tant que j'ai du boulot, je m'en fous. Quand j'ai rien dans les mains je deviens con.

– Vous bricoliez tous les deux ?

– C'est sûr qu'on bricolait. Hein Chris ?

– Mmh.

Alain poursuit :

– Et toi Chris, tu continues à bricoler ?

– Plus trop.

– Tu fais quoi ?

– Je sais pas. Je pêche.

– Tu pêches encore ? dit le père.

– Le week-end.

– C'est bien, ça.

Le silence menace de revenir. Alain relance.

– Tu pêches quoi ?

– Je sais pas. De tout. Ça dépend.

– On a pêché tous les deux, plein de fois... La brème qu'on avait attrapée dans le lac, à côté de chez tonton ? J'avais jamais vu ça... Tu te souviens ?

Le sujet épuisé, ils ne trouvent plus de mots. Alain laisse faire. Le père essaie de parler du collège. Chris en dit le moins possible. Le père finit par dire :

– Tu sais, si moi...

Chris regarde ailleurs. Le père s'arrête. Ce qu'il s'apprêtait à dire est parfaitement ridicule. Parfaitement inutile. Et le langage leur manque, encore une fois.

Alain propose de faire un jeu. Il reste une demi-heure de parloir. En tout, ils ont moins d'une heure. Ils font un Puissance 4.

Le jeu permet d'être ensemble sans avoir à tout inventer. On essaie, on écoute. Les relations ont une forme avant d'avoir une vérité. Sans appuyer. On voit si ça passe et jusqu'où s'approcher.

Ils font trois parties de suite. Alain ne joue pas, il intervient pour commenter, observer les signes d'un malaise, le dissiper. Il fait comprendre qu'il est là comme un soutien et comme des limites à ne pas franchir.

Cinq minutes avant la fin, un gardien les prévient que l'entrevue va s'achever. Alain dit au père :

– La prochaine fois ça tombe en fin de trimestre. On sera quasiment à Noël. Donc Chris peut vous apporter son bulletin. Et vous pourrez le signer.

L'entretien se termine, Alain est soulagé d'en voir le bout. Il taquine :

– Je ne sais pas si ça fera vraiment plaisir à Chris…

Chris montre que non.

Le père prend peur.

– C'est comme tu veux… J'aimerais bien savoir comment ça se passe au collège, juste. Si tu veux.

Alain intervient.

– Non, ce n'est pas s'il veut. Le collège demande la signature des deux parents.

– Venez avec alors. Je signerai.

Tout le trajet du retour, Chris dort.

Le père est plus éreinté qu'après une journée de travail.

L'arbre et l'enfant

C'est la semaine suivante. Joris est derrière Alain, il s'agrippe à lui très fort. Un enfant, un arbre. L'homme qui est son père s'agenouille, dit des mots. C'est pire encore. Il se relève, accepte que son fils ne veuille pas, chasse le sentiment d'humiliation qui pointe. Ce n'est pas perdu, ça commence, c'est tout.

L'arbre s'éloigne de quelques centimètres. Joris refuse, remet ses bras. Il ne sait plus parler, gémit, remue la tête pour dire non. Il éteint son regard, la tête enfoncée dans l'arbre.

– Est-ce que tu m'entends ? demande Alain. Tu n'es pas obligé de parler. Simplement on va s'asseoir.

L'arbre disparaît.

Joris regarde l'homme, de l'autre côté de la table. Le visage de l'homme. La bouche qui s'ouvre et se ferme, les joues avec de la barbe dessus.

Joris ne comprend pas ce qu'est ce visage.

Qu'est-ce qu'il y a dans ce visage qui s'appelle papa ? Qui, ou quoi, passe par ce visage ? Qu'est-ce qu'il y a d'important dans ce visage et qui motive sa présence à lui, Joris, dans cet endroit sans enfance ? Est-ce qu'il faut en attendre quelque chose ? En avoir peur ?

Le mot papa tombe sur la table entre eux, sans franchir la distance.

Les adultes font la conversation. Joris n'écoute pas.
La crainte passe. La curiosité vient.
Il lui vient l'envie de voir ce que ça fait, un père en prison, un besoin de tendresse aussi.
Il accepte le jeu.

Il ne dira pas encore le mot, pas durant l'entrevue, mais chez lui, après, il lui donnera des contours, il le mêlera au souvenir du visage.
Au rendez-vous suivant, il osera le prononcer.
Le mot papa rencontrera le père.

Le clan des carpistes

Les roseaux ont une couleur sombre. Il est quinze heures passées. La voiture s'est enfoncée dans l'herbe avec un bruit d'éponge qu'on presse.

Ils ont à peine deux heures avant que la nuit tombe.

Marvin monte l'abri de toile pendant que Chris dispose le matériel sur une bâche.

Un week-end entre hommes, a dit Marvin. Joris est trop petit encore.

Du fond de l'abri, Marvin crie :

– Laisse la bouffe dans le coffre. Juste les cannes.

La fumée de sa cigarette colle au visage de Chris. Sa casquette dégouline. Il distingue mal ce qu'il fait et doit s'y prendre plusieurs fois. Ses mains glissent. Il pourrait s'énerver, il reste concentré. Marvin attend qu'il ait terminé le montage des cannes.

– On va se mettre là.

C'est une avancée d'herbe terminée par un à-pic d'une trentaine de centimètres qui aboutit directement dans le lac. Comme si le sol s'était cassé et qu'une partie avait sombré.

– Il y aura pas de cailloux par là et y a rapidement du fond. Pas trop de ligne à mettre. C'est pas plus mal.

Marvin stabilise le porte-cannes. Les esches maintenant.

Chris retire du coffre des seaux remplis de boules rouges et de graines, une caisse avec les hameçons, les plombs, des poudres de différentes couleurs.

Quand tout est disposé sur la bâche, Marvin et Chris attrapent chacun un fil. Chris connaît les gestes. Ils font le nœud, enfilent le stop-bouillette et mettent l'hameçon.

– C'est toi qui vas faire l'amorce. T'as déjà fait ?

– Plein de fois.

– On va voir. Tu me mets de l'amorce à carpes pour commencer. Vas-y. Faut de quoi tenir la nuit. Tu mets de l'amorce à friture, de l'amorce à gardons aussi et le piment. Tu peux mettre tout le sac.

Chris verse les différentes poudres dans une grande bassine. Les sacs se froissent entre ses mains. Un bruit de feuilles mortes et de beurre qui roussit.

Il mélange la préparation d'une main.

– Que ce soit bien homogène.

– Je sais.

– Tu peux rajouter la boîte de maïs, vas-y.

– Faut de l'eau.

– Va en chercher alors.

Chris fait entrer de l'eau du lac dans le seau. Elle est trouble et froide.

Ensuite, il rajoute des bouillettes écrasées, de la poudre aromatique et de l'huile de chènevis.

L'odeur qui s'en dégage rappelle le chocolat, le poisson fumé, la cacahuète.

Avant de lancer les lignes, ils amorcent au lance-pierre.

Les agglomérats de poudre et de maïs mitraillent la surface du lac.

La nuit qui vient fait les arbres de plus en plus lourds au-dessus d'eux. Chris imagine les traînées blanches, là-bas, de l'amorce qui se désagrège en pénétrant dans l'eau.

Le soir, Marvin fait à manger.

Ils ne se parlent pas beaucoup. Des souvenirs de pêche.

– Pourquoi tu veux pas les tuer? demande Chris.

– Si tu les épargnes, après, toute leur vie, elles vivront dans la peur de retomber sur toi. Tu seras dans leur petite cervelle. Elles se méfieront de tout ce qui ressemble à de la bouffe. Elles seront plus prudentes. Tu leur rends service quelque part…

– Moi je les tue, c'est plus direct.

– Mais c'est trop facile… Le *no kill*, une fois que t'y as goûté, tu peux plus t'en passer.

On entend sauter les carpes. Chris vérifie qu'il n'a pas de réseau, ce qu'il sait déjà. Il n'y a qu'un seul endroit qui capte, c'est sur une butte de sable à 300 mètres de là. Partout ailleurs, zéro barre. Une cigarette serait la bienvenue mais c'est encore un peu tôt. Il veut en avoir jusqu'à demain.

Il somnole presque quand Marvin demande, et cette fois, le son de sa voix a l'air de sortir de rien, de la nuit, du vide.

– Tu sais pourquoi il est en prison, ton père?

– C'est pas tes affaires.

– C'est parce que ça vous touche que j'en parle. Je peux pas habiter avec des gens et me foutre de ce qu'ils ont vécu.

– Hmm.

– Alors?

– Il a volé des trucs.

– C'était pour se barrer tout seul ou c'était pour sa famille?

– Il a dit à maman que c'était pour nous.

– Et il s'est fait pincer.

– Ouais.

– Tu lui en veux ?

– Je sais pas.

– Il a fait ça pour vous, non ?

– Mmh.

– Tu trouves pas que c'est plutôt courageux ?

– Il est en taule maintenant.

– Peut-être. Mais c'est pas tous les pères qui feraient ça pour leur famille. Le mien, en tous cas, il l'aurait jamais fait.

– T'aimes pas ton père ?

– Maman est morte quand j'avais quatre ans. Je suis resté seul avec lui. Il tapait fort et c'était tous les jours. Sauf que j'ai grandi, et moi aussi j'ai appris à taper fort. Un soir, je lui ai tout rendu. Coup pour coup. Après je me suis barré, et j'ai eu la chance de rencontrer des gens qui m'ont remis dans le droit chemin. Grâce à ces gens-là je sais, aujourd'hui, que c'est pas bien de voler. Mais un père qui prend des risques pour ses enfants, même si c'est pour faire une bêtise, je trouve ça respectable. T'es pas d'accord ?

– Je sais pas.

– Et c'était quoi ? Il a braqué une banque ?

– C'était des bijoux.

– Et il en a fait quoi ? Il a tout donné à ta mère pour la Saint-Valentin ?

– Il les a balancés dans la rivière.

– Sans déconner… Il en a même pas planqué un ou deux pour vous ?

– Non.

– Ç'aurait été un beau cadeau de Noël.

Chris a un petit ricanement.

– Et pour ta mère non plus ? Je demande parce que moi, pour la Saint-Valentin, ce sera plutôt des fleurs que des bijoux… Tu crois que je vais passer pour un miteux ?

– Tss…

– Donc, non ? Pour ta mère non plus, il a rien récupéré… C'est quand même con d'avoir tout balancé, non ?

– J'avoue.

– Y avait combien ?

– Plus de 700 000.

– C'est au fond de la rivière et puis voilà…

– Ouais.

– C'est ça qu'on devrait essayer de pêcher la prochaine fois, ça changerait des carpes… Et tu sais où c'était ?

– Au pont de la Ravelle.

– Où sur le pont ?

– Presque au milieu.

– C'est pas tous les jours qu'on balance autant de fric dans une rivière… J'imagine que plein de gens ont essayé de retrouver les bijoux.

– Surtout les flics. Mais c'est resté au fond.

Après deux heures de sommeil, l'adolescent se réveille au bruit que fait Marvin.

– Vas-y, vas-y… Doucement ma belle, doucement… vas-y… on va se dire bonjour tous les deux… J'ai toute la nuit… Vas-y… C'est bien, c'est bien… On est accrochés maintenant, toi et moi… C'est toi et moi… En douceur… Je t'attends… C'est bien… Je suis pas pressé… Je finirai par t'avoir. J'ai tout mon temps… Voilà… Comme ça… Droit devant toi… Hein ma belle… Tu la vois la lumière ? Tu la vois ? Viens voir la lumière… Viens me voir… Je suis au bout, je suis là, je t'attends…

Chris s'était mis tout habillé dans son duvet. L'air est humide. Il est tenté de rentrer la tête, mais ce qu'il aperçoit dehors le réveille tout à fait.

Au plus près de l'eau, la frontale allumée, les jambes placées l'une derrière l'autre, en garde comme un escrimeur, la canne dans les mains, Marvin parle et ses mots sont comme une respiration lente.

Il donne de longs coups très souples avec sa canne. On dirait qu'il peint une gigantesque toile. À la fin de chaque coup de canne, il tourne le moulinet pour raccourcir le fil.

– C'est bien… C'est ça… Viens ma belle, viens ma grosse mémère… On a plein de trucs à se dire tous les deux… Tranquille… Tranquille, voilà… Tu l'aimes pas ce truc dans la bouche… Où est-ce que ça t'emmène, hein ? Tu voudrais bien te barrer… Mais… Tranquille ! Toi et moi on a rendez-vous… C'est comme ça. Ça va être bien, tu vas voir… Tout droit, voilà… Cherche pas, tu vas venir me voir… C'est comme ça… Tu vas venir me voir… Allez viens me voir… Voilà… Viens par là… C'est bien…

Il est trop concentré pour s'apercevoir que Chris est réveillé. Il n'y a que lui et l'animal à l'autre bout de la canne.

Chris repousse son duvet, enfile son gros manteau et c'est quand il bâille que Marvin le remarque.

– T'es réveillé ?

– Ouais.

– Il y en a une belle qu'a mordu. Ça doit bien faire une demi-heure que je la bichonne. C'est une grosse mère, c'est garanti ! Prends un café pour te réveiller. Après tu viens voir.

– Ouais…

Chris allume sa frontale et se sert une tasse, toujours assis sur son lit de camp. L'air est tellement chargé d'eau que Chris peut distinguer des gouttes dans la fumée du café.

– Je vais avoir besoin de toi dans pas longtemps. Elle est plus très loin. Hein ma belle !

Chris enfile des bottes qui lui montent jusqu'aux cuisses et descend dans le lac, muni d'une grande épuisette triangulaire.

Il avance l'épuisette pendant que Marvin guide le poisson. Les deux frontales se croisent à la surface. Il y a des moments où l'on ne voit plus qu'un flash.

– Elle est toujours là. Y a pas de problème.

– Fais gaffe qu'elle décroche pas.

– T'inquiète, elle est au bout. On n'a pas fait tout ce chemin pour qu'elle nous file entre les pattes.

La nageoire dorsale émerge d'un coup, suivie de la nageoire arrière.

– Elle est là.

Chris ramène l'épuisette et la carpe sur la berge. Il dépose le tout sur un carré de bâche noire. La carpe ne bouge plus.

Chris la dégage du filet.

– Attends, dit Marvin, je vais retirer l'hameçon.

Il enfonce deux doigts dans la gueule du poisson. Il retire l'hameçon, le fait tourner entre ses doigts. C'est tellement pointu, tellement fin : une petite arme parfaitement ouvragée.

La carpe est assez grosse pour faire la fierté du pêcheur.

Chris a passé une main sous sa tête. Elle avance démesurément la bouche pour trouver de l'air.

– C'est déjà un beau poisson. Je dirais dans les six-sept kilos, dit Marvin.

La chair lisse sur sa main et cette petite nageoire, la seule à s'agiter… Chris ne peut détacher son regard de cette nageoire qui rame inutilement.

C'est doux, bizarre et doux : plus rien ne la freine dans cet air froid mais elle continue à s'agiter très lentement pour faire revenir l'eau.

– Chris ?

– Mmh.

– Tu la prends dans tes bras pour la photo. Vas-y, fais un bisou.

– T'as fumé !

– Tous les carpistes font ça. T'as peur qu'elle te bouffe ?

– Tsss.

– Quand on prend une belle mémère, on lui fait un bisou, c'est comme ça… À moi maintenant. Tiens, tu la reposes. Ça va être plus facile à prendre… Attrape mon portable. Ok… À nous ma jolie.

Il la caresse, lui tape doucement sur les flancs.

– T'es belle comme tout.

Il colle sa joue contre la carpe. Il flaire l'odeur de vase. Il embrasse le ventre, les branchies et l'espace qu'il y a juste sous l'œil du poisson. Il frotte sa nuque sur les barbillons en ronronnant comme un chat.

Chris n'est pas très à l'aise. La bouche de la carpe s'avance et se rétrécit toujours aussi grotesquement.

Son visage revenu tout contre l'animal, Marvin murmure d'un ton de confidences :

– Je t'ai blessée, je sais… Mais c'est rien…

Ils transportent la carpe enroulée dans la bâche jusqu'au bord du lac.

Elle ne bouge plus.

Chris lui mouille le dos avec sa main.

Ils tentent de lui donner de l'élan en la faisant glisser le long de la bâche mais elle s'enfonce comme un poids mort.

C'est seulement quand elle est à distance du rivage qu'elle s'autorise à onduler une fois, deux fois, et à s'enfuir pour de bon.

– Bienvenue chez les carpistes, mon gars !

Ligne de fond

Le père a changé de cellule.

Dès qu'il peut, dans sa tête, il parle aux photos de Joris et de Chris qu'il conserve dans une poche.

Ce dialogue perpétuel lui offre un point où porter sa pensée.

Garder vivante l'idée de ce qu'il veut préserver de lui-même.

Il aimerait, d'ailleurs, sourdement, se battre pour ces deux photos.

Les laisser traîner, qu'elles soient vues, qu'on se moque de son attachement pour elles.

Il prendrait un plaisir fou à lâcher la violence qu'il refoule d'habitude, parce que rien ne résiste à la colère d'un père, et laisser sortir la dévastation, sûr de lui, de son bon droit.

Mais il a conscience que ça ne voudrait rien dire pour l'extérieur.

Rien pour ses fils.

Ils verraient leur père abîmé et ne comprendraient pas que c'est pour eux.

Tout serait mort au moment de le dire.

Alors le père parle à ses photos, dans le silence.

Promenade

Marvin sort de la boulangerie, deux baguettes sous le bras. Elles sont tièdes et sentent légèrement le sucre. Il longe la bijouterie, s'arrête un peu plus loin dans un bar. Pas de planque possible entre les deux. Il prend un café et un jeu à gratter. Trois minutes plus tard, il poursuit en direction de la rivière, sort de la ville, marche sur le bord de la départementale. De grands platanes, comme peints au couteau, plantés tous les dix mètres. Les fossés sont larges. Quelques bosquets en retrait. Il s'y rend, fait le tour des arbres, balaie les feuilles mortes du bout du pied. Dans son manteau marron, pantalon vert et chaussures de marche, on le prendrait pour un cueilleur de champignons. Il repasse sur la route et continue d'avancer, conservant son train de sénateur. Au bout d'une centaine de mètres, il entre dans une zone pavillonnaire. Les gens saluent ce père de famille probable. Deux baguettes, c'est trop pour un couple seul. Marvin répond, affable mais sans plus. Il est déjà loin, on ne se souvient pas l'avoir croisé. Arrivé au pont, il bifurque. Un martin pêcheur ricoche sur la rivière. Marvin arpente les berges en amont, en aval, soigneusement, puis s'en retourne.

Absence

Tiffanie demande le numéro de la chambre à la dame de l'accueil.

– Mme Hilard… G103. Premier étage.

La secrétaire indique l'ascenseur.

Le lit vient d'être fait. Il occupe la moitié de la pièce, tendu et propre. La télé est éteinte. Sur une table, des fleurs s'affaissent le long d'un vase.

Le souffle de la vieille dame dans le fauteuil ne s'entend pas. Un drap passé autour de son buste la tient assise. Elle dort, semble-t-il. Son visage est maigre et sa bouche ouverte comme un trou. Ses joues sont rentrées, la peau est blanche et figée. Un visage de plastique sur un corps de chiffon. Tiffanie retire son manteau, fait le tour de la pièce, détaille les objets, s'étire, éprouve son corps d'aide-soignante, souple, douloureux, et s'accroupit au côté de la vieille femme.

– Madame Suzon, madame Suzon…

La bouche ne remue pas et les yeux, qui ne ferment plus qu'à peine, ont l'air retournés sur des profondeurs végétales. Le tout petit souffle dans ce visage. Le cri minuscule.

Tiffanie frotte les bras et le front de la vieille, doucement mais avec énergie

– Madame Suzon… Oh, madame Suzon…

C'est comme si elle frictionnait un corps envahi par le froid.

Obtenir que le regard soit ouvert plus d'une fraction de seconde… Tiffanie ne s'impatiente pas.

La tête de la vieille tourne sur elle-même. Elle lève le menton et le reste suit, comme si elle s'avançait pour parler, mais chaque fois le sommeil la coupe, et la tête retombe comme un oiseau plombé. Tiffanie redouble d'énergie. Elle ranime la conscience comme on travaille un beurre blanc.

– Madame Suzon… C'est Tiffanie.

Je négocie à travers une porte, pense-t-elle.

– Je suis venue vous rendre visite. Ça fait longtemps. Je ne veux pas repartir sans qu'on se soit vues… Ce serait dommage vous ne pensez pas ? Madame Suzon… vous m'entendez ? Voilà, sans vous presser. Tout tranquillement… Vous m'entendez ? C'est Tiffanie.

Les yeux de la vieille sont ouverts.

Mais avant que Tiffanie ait pu engager un dialogue, elle comprend que parler ne sert à rien.

Madame Hilard se crispe sur elle-même, et ses bras, sa tête, les traits de son visage, tournent lentement, comme une mécanique aux piles exténuées qui retrouverait un fond d'énergie. Une tortue sous un soleil trop fort. C'est une danse lente et grotesque. Elle fait le geste de mâcher en direction de la lumière pendant que ses mains griffent au ralenti.

Qui reconnaît-elle en Tiffanie ?

Le regard de la vieille se met à demander, à s'accrocher. Les yeux veulent dire quelque chose, quelque chose d'important.

Puis tout s'arrête au milieu du sens qui s'est éloigné.

– Reposez-vous madame Suzon. Je vais aller demander de l'eau.

Une demi-heure s'est écoulée.

– Je vais m'en aller madame Suzon.

Tiffanie n'a pas cessé ses petits massages du bras et de la main. Après avoir été chercher de l'eau gélifiée, lui en avoir donné, elle est restée assise au chevet de la vieille femme, ne pensant plus, déroulant une parole mécanique et bienveillante, davantage pour la musique que pour le sens.

C'est maintenant que l'idée de la mort prochaine se précise.

Lorsque Tiffanie se penche pour embrasser le front blanc et partir, ça la submerge.

La tristesse, au repos dans le fond de la gorge, monte aux yeux. Et les mots tremblent quand elle dit :

– Au revoir madame Suzon. Je reviens bientôt.

Une belle équipe

La nuit ferme la perspective. Le reflet de la chambre s'étale sur la vitre comme de l'huile. La réflexion marchant au loin, ce qu'il a devant les yeux se perd dans l'indistinction. La housse de couette est encore lisse. Marvin, debout devant la fenêtre, oscille légèrement d'avant en arrière. Tiffanie entre au milieu du silence, récupère sa chemise de nuit sous son oreiller, premières rides sur la surface du lit, se déshabille, range ses habits, enfile sa nuisette. Elle ne dit rien, soupire beaucoup. Marvin entend qu'elle n'est pas bien mais n'a pas envie de prendre sa part d'empathie. Il s'était ménagé une retraite et compte bien y rester encore. Elle s'assoit sur le lit, les jambes nues ramenées contre elle, le bas de la nuisette coincé derrière ses genoux. Elle montre qu'elle a besoin de soutien, pourtant il ne bouge pas. Il a même l'air totalement absent. Elle craque.

– J'en peux plus…

– Quoi ?

Il a la voix de quelqu'un qui se réveille.

– On s'est encore engueulés, annonce Tiffanie.

– Mmh.

– Je lui ai dit d'arrêter la télé et d'aller se coucher. C'est monté dans les tours et on s'est hurlé dessus.

Sur la vitre, une mouche s'acharne. Marvin lui ouvre, elle s'envole. Il referme.

– Tu m'as entendue crier ?

Marvin répond avec lassitude.

– Oui, je t'ai entendue. On reprendra tout ça avec lui demain, plus tranquillement.

– Je te demande pas d'intervenir, je voulais juste un peu de réconfort.

– Je suis fatigué.

– Excuse-moi de te parler alors !

– Tu veux mon soutien, mais c'est tout le temps pareil entre vous.

– Faudrait le laisser se coucher à pas d'heure, et le regarder bousiller sa vie sans rien dire ?

– C'est pas la première fois que vous vous prenez la tête pour ça, non ?

– À peu près tous les jours.

– Tu remarques un changement ?

– Au moins je suis honnête. Je lui dis ce qu'une maman doit dire.

– Puisque t'es certaine de faire bien, tant mieux… Je vois pas ce que je pourrais apporter dans l'histoire.

– C'est moi la chieuse, hein ? C'est ce que vous pensez tous.

– Pour remporter la partie, tu dois réfléchir plus. Quand tu rencontres deux fois la même situation et que tu vois que, quoi que tu puisses faire, ça change rien : tu laisses tomber et tu trouves une autre tactique.

– C'est pas un jeu, putain.

– Bien sûr que c'est un jeu. Sauf qu'il y a ceux qui acceptent de jouer, et ceux qui subissent. Moi je pense que tu peux faire mieux.

– Je sais pas ce que t'as ce soir, mais je te reconnais pas.

– Avec Chris, tu te mets toujours au centre, du coup tu deviens la cible. Tu lui donnes une colère à ronger et tu le détournes de sa partie à lui. Il va finir par croire que c'est toi le problème.

– Pourquoi t'es comme ça ? Je me confie et toi tu me parles comme si j'étais en tort…

Il ne bouge pas, réprime un soupir d'agacement. Elle pleure.

– Je serai toujours toute seule…

La chambre est éclairée trop vivement pour un dialogue intime. L'ensemble est dissonant. Marvin s'approche, s'agenouille près du lit, prend les mains de Tiffanie dans les siennes. Ses jambes sont vraiment belles… Ce n'est pas le moment.

– Regarde-moi, dit-il. Tu es seule, tout le monde est seul, mais je suis là.

Marvin parle avec tendresse. Tiffanie a de plus en plus de mal à être en colère.

– Allons… dit-il.

Il s'assoit sur le lit et la prend dans les bras.

– On doit s'appuyer l'un sur l'autre, chuchote Marvin. On forme une belle équipe.

– Tu crois ?

– J'en suis certain. Si t'arrives plus à savoir quoi faire, repose-toi sur moi.

Le câlin s'intensifie.

– Quand je pense à ton ex…

– Pourquoi tu me parles de lui ? demande doucement Tiffanie.

– Seul comme un con dans sa cellule pendant qu'on est ici, à se faire des petites douceurs… Je sais qu'il l'a cherché, mais je peux pas m'empêcher de le plaindre quand même.

– Tu devrais pas.

– T'as pas un peu de compassion pour lui, vilaine ?

Elle répond, riant avec mépris.

– Non, pas vraiment.

– J'espère qu'il y avait gros au moins, murmure Marvin.

– Tout ce que je lui souhaite, c'est de crever avec son magot.

– Je croyais qu'il avait tout perdu...

C'est comme un coup d'épingle. Elle change de posture instantanément, hérisson dans les phares. Marvin ne montre aucun changement. Voix douce.

– Non mais c'est une blague, t'inquiète pas.

Le stress la raidit des pieds à la tête.

– Je sais pas où il a foutu cette merde, et je veux rien avoir à faire avec ça !

Il se rapproche d'elle, sourire taquin :

– Si j'étais lui, je l'aurais dit à la seule personne digne de confiance, toi.

Elle s'emporte :

– C'est quoi tes questions ? Tu le veux ce fric ?

Marvin accueille le coup sereinement.

– Oh non, juste ton amour. Il peut garder le reste. Je sais ce qui est précieux, contrairement à lui.

Il l'embrasse sur le front, lui fait de petits massages dans le dos. C'est doux. Elle se délasse. Il est vraiment attentif et sait comment lui faire du bien.

– Et le reste de ta journée, t'as fait quoi ? demande Marvin après un moment.

– Je suis allée voir madame Hilard. J'avais un trou de trois heures entre deux patients.

– Elle va comment ?

– C'est la fin.

– C'était dur ?

– Un peu.

– Elle est triste.
– On n'en est plus là.
– T'es restée longtemps ?
– Une heure et demie.
– Vous avez fait quoi pendant tout ce temps ?
– Rien.
– Ok…
– Qu'est-ce que je peux te dire ? D'abord j'ai essayé de la réveiller. Elle m'a dit des trucs incompréhensibles. Elle avait l'air d'avoir soif. Du coup je suis allée lui chercher de l'eau, après j'ai essayé de la rendormir et je suis partie.

Le dire ainsi, en peu de mots, la fait sourire douloureusement.

– Mais c'est une vieille femme. Vous ne pouvez plus rien l'une pour l'autre.
– Ça ne m'empêche pas de l'aimer.
– Ça doit t'arriver souvent, non ? Les gens avec qui tu travailles sont vieux.
– C'est pas parce que c'est mon métier que je m'empêche d'aimer les gens, et de pleurer quand ils vont mourir. Même si ça arrive souvent. Et même quand c'est mieux qu'ils meurent pour arrêter de souffrir.

Marvin la regarde avec intensité, c'est troublant.

– Ça te paraît con ce que je dis ?
– Non, pas du tout. Ne crois pas ça. C'est juste que je te trouve belle. T'es vraiment belle parce que t'es vraiment gentille.
– Je sais pas si j'aime le compliment.
– Quand je dis gentille, ça ne veut pas dire bête.
– J'espère bien !
– J'ai de la chance d'être avec toi. Je le sais tout le temps mais des fois je le vois encore mieux.

Troisième partie

Expansion

Vertige

À certaines intonations, aux phrases que Chris écourte systématiquement comme s'il en avalait le message essentiel, Alain perçoit qu'un malaise travaille l'adolescent.

Ils attendent avec les autres familles.

Alain prend son café, Chris refuse de boire quoi que ce soit, et, avant qu'Alain puisse finir sa tasse, Chris dit :

– Faut que je sorte.

– Qu'est-ce qui t'arrive ?

– Rien !

Alain le suit, jette le reste de son café dehors, sur le bitume, puis demande aux gardiens la permission de sortir. Chris enfonce sa fureur sous sa casquette.

Sur le parking, ils font quelques pas au hasard, Alain derrière Chris.

Alain débarrasse son esprit de toute pensée. Se rendre disponible. Choisir une conduite juste et les mots les moins dommageables.

Il propose à Chris de s'asseoir sur un banc.

Chris reste debout, le menton contre la poitrine, sans répondre.

– Tu ne veux pas t'asseoir ?

– Rien à foutre.

– Qu'est-ce qui ne va pas ?

– Rien.

– Tu ne veux pas y aller ? Tu n'es pas obligé… Dis-moi juste ce que tu veux qu'on fasse.

Un mètre devant lui, l'adolescent ne bouge pas.

Le parking, le ciel, tournent autour d'eux.

Alain doit faire un effort pour se décoller du vertige où le silence les entraîne tous deux.

– Je ne te forcerai pas. Mais il faut prévenir qu'on ne viendra pas.

– Je m'en fous.

– Il faut le dire au gardien pour qu'il prévienne ton père.

Chris se crispe, quelque chose de plus animal que la colère ou la tristesse. La pulsion d'une bête qui veut s'enfuir.

– Tu es sûr que tu ne veux pas le voir ?… Attends-moi, alors. Le temps que j'aille prévenir.

Lorsqu'Alain ramène Chris à Tiffanie, il explique que ça fait partie du jeu, que ça ne le dérange pas d'avoir fait tout ce chemin, même si c'était pour annuler ; que ce n'est pas pour autant qu'il ne s'est rien passé d'intéressant.

Derrière la tempête

Le gardien prend un air compatissant. C'est étrange. Avant même qu'il ouvre la bouche pour parler, c'est sur son visage.

Tout de suite, il vient au père une envie de cogner ce visage.

Il serre la table entre ses mains pour que ça passe. Il ne sait pas la raison de cette compassion et il craint pour Chris.

Il fait un effort violent pour tendre un visage sans agressivité au gardien, une invitation à ce que l'autre parle.

– Votre fils ne viendra pas.

– Pourquoi ?

– On m'a dit qu'Alain allait prendre contact avec vous.

– Quand ?

– Il a dit demain.

Le père cache, le plus profondément qu'il peut, le soulagement.

Il se dit que ce n'est rien, qu'il saura ce qu'a eu son fils, de toute façon, par Alain. Que si c'était grave, on lui aurait dit. Il ménage sa conscience, en même temps qu'il se compose une allure de père mortifié pour le gardien. Maintenant, il veut bien de sa compassion. Père blessé mais digne, voilà une distinction qu'il accepte.

Il respire.

La tension, l'attente, et cette stature de père qu'il faut assumer depuis qu'il revoit ses fils… Tout ça retombe.

Il est éberlué d'être passé derrière la tempête sans avoir essuyé de coup de vent.

Mais bientôt il s'en veut de ne pas ressentir le manque de son enfant.

Les tourments ne sont pas longs à revenir.

Quand il retourne en cellule, il a surtout peur que Chris ne veuille plus le voir. Peut-être qu'il l'a vexé la dernière fois ? Ou qu'il lui avait promis quelque chose qu'il a oublié de faire, mais quoi ? Ou peut-être que son fils ne veut plus de lui, tout simplement.

Départ de feu

Milieu du mois de mars, il fait un soleil étonnamment chaud et le surveillant entame la permanence dans de bonnes dispositions.

Le premier quart d'heure se passe sans problème puis les têtes se lèvent et l'un demande s'il peut lire son magazine de foot. Il n'a plus de travail à faire.

– Tu peux toujours t'avancer, répond le surveillant. Et t'as pas autre chose à lire ?

L'élève rétorque que non, que de toute façon il a tout fini. Il ne va pas faire semblant.

Les autres font entendre qu'ils sont d'accord.

– Ok, dit le surveillant, mais sans bruit.

Il ne faut pas longtemps pour que plus personne ne travaille.

Les conversations montent, les portables s'allument sous les tables… Le surveillant doit éteindre les départs de feu.

Il hausse le ton, menace, mais le cadre est fissuré, et il reste du temps avant la fin de la permanence.

Il regarde l'heure qui ne passe pas. Le sentiment de claustrophobie devant une situation qui glisse.

Il faut faire quelque chose mais c'est un peu tard, et de plus en plus. Le groupe lui échappe. Il s'énerve.

– Y a beaucoup trop de bruit ! Vous voulez que je vous en trouve du travail ? Parce que c'est toujours possible ! Y a des amateurs ? Non ? Alors vous vous taisez.

Il obtient trente secondes de silence.

Les chuchotements reprennent. Le vent qui agite un arbre se propage et, d'arbre en arbre, la forêt fait vite un bruit assourdissant.

Le surveillant, piteusement, prend le carnet de correspondance d'un des bavards les moins provocants.

Il laisse les vrais fauteurs de trouble, ceux qu'il faut affronter jusqu'au bout et qu'un simple mot dans le carnet ne suffit pas à arrêter. Il fait un exemple tardif et sans réel impact, récompensé par trois minutes de calme.

Chris sent les règles qui ne tiennent pas, les adultes pris dans leurs propres inconséquences.

Ça lui donne envie d'y aller vraiment fort, plus scandaleusement, plus totalement que les autres. Des envies de carnaval.

Julien, un de ses amis, est assis deux rangées plus loin. Chris fait glisser son sac jusqu'à sa table et va s'asseoir à côté de lui. Le surveillant hurle :

– Tu fais quoi, là ?

– Rien, c'est pour lire tous les deux.

– Lire quoi ?

– Un truc de motos qu'on a acheté ensemble.

– Tu le prends et tu retournes le lire à ta place.

– Non… On fera pas de bruit. On le lit à deux mais dans notre tête.

– Évidemment que vous allez faire du bruit ! Ça va déranger tout le monde. Tu retournes à ta place.

– Vas-y !

– Retourne à ta place ! Tu prends ta revue et tu retournes à ta place !

Chris prend le magazine et regagne sa chaise en envoyant son sac à grands coups de pieds devant lui.

Il n'y a plus de bavardage.

Les autres sont fascinés.

Le surveillant regarde Chris donner des coups de pieds dans son sac avec un bourdonnement dans le crâne, le cœur noué. Il ne sait pas quoi faire. Intervenir? Laisser passer l'orage? Exploser? Punir?...

Ses jambes partent, le reste du corps ne veut pas. La bouche veut hurler mais la respiration impose le silence. Sa conscience lui dit qu'il y a danger, et voilà qu'il transpire et se mord les lèvres au lieu de se lever et d'affronter cet enfant qui l'insulte ouvertement.

Les autres élèves attendent de lui qu'il réagisse. Il se contente de fusiller du regard.

Chris est assis, il tourne les pages de son magazine en commentant tout haut.

– Putain la moto... je veux la même, je te promets!

– Tais-toi.

– Quoi?

– Tais-toi, s'il te plaît!

– Je dis juste que je veux la même.

– Tu lis en silence ou je te la prends, ta revue!

– Pourquoi tu leur dis rien aux autres? Putain...

Le surveillant respire. Il veut montrer que s'il se tait, c'est de peur de s'énerver tellement fort que ça irait trop loin. Que s'il ne fait rien c'est le contraire de la faiblesse, il garde la violence en lui et il soupire, parce qu'il est un adulte et que c'est là le signe de sa puissance d'adulte, la maîtrise.

Il ne convainc personne. Tous voient clairement que le rapport de force est en faveur de Chris. Pourtant, le silence revient plus longuement. Chris a l'air de s'intéresser vraiment à ce qu'il lit. Le surveillant s'accorde d'ouvrir, lui aussi, le livre qu'il comptait parcourir pendant l'heure.

Chris envoie une boulette de papier sur Julien. Le surveillant lève les yeux. Chris feuillette sa revue avec ostentation. Le surveillant ne dit rien. Il reprend sa lecture, mais à demi, en attendant que l'agitation se précise, en crocodile.

Le jeu dure jusqu'à ce que Chris et Julien soient pris d'un ricanement irrépressible.

– Qu'est-ce que vous avez ?

– Rien.

Les deux adolescents reprennent un air concentré.

Un petit sifflement et Chris lève sa revue pour que Julien puisse voir la photo d'une fille en string entre deux motards. Julien sait ce qu'il y a sur la revue et n'en peut plus de gêne, d'excitation, de rire. Le surveillant a compris.

– Range ça !

– Non mais je lis…

– Range ça !

– J'arrête, je te promets. Je tourne la page.

– C'est pas le lieu pour lire ça. Si tu ne veux pas aller le lire chez M. Lerain, tu ranges ta revue.

– J'arrête ! J'arrête… Ok.

Il tourne la page et reprend une lecture appliquée, un sourire insolent sur le coin du visage, mais savamment dosé pour ne pas faire exploser le surveillant. Pas encore. On s'amuse encore trop pour mettre définitivement le feu aux poudres.

Le manège reprend. Chris fait mine de montrer la femme en string à Julien, qui étouffe sa joie en plongeant le nez dans son classeur.

L'insolence est bientôt si claire que le surveillant se lève. Une grande lassitude lui tombe dessus – à quoi je gagne ma vie ?

Il dit d'un ton neutre :

– Donne-moi ça.

– Non, non, c'est bon, j'arrête.

– Donne ça !

Le surveillant essaie de prendre la revue. Chris la fourre dans son sac.

– C'est à nous. T'as pas le droit de la prendre.

– Et toi tu n'as pas le droit de lire ça au collège.

Le stress et la colère lui font la bouche poisseuse. Le surveillant bafouille, on sent que, cette fois, il contient une violence réelle. Chris comprend qu'il y a des risques à continuer de front.

– C'est bon, je me calme, promis.

– Ça fait une heure que tu dis ça, et ça commence sérieusement à me gonfler.

Les lèvres fébriles comme s'il allait pleurer, le surveillant retourne à son bureau.

Mais Chris en veut plus.

Avant même que le surveillant soit assis, il se lève.

– Faut que j'aille aux toilettes.

– Tu t'assois.

– J'ai envie de pisser, c'est pressé.

– Je m'en fous, tu t'assois !

– T'as pas le droit de m'empêcher de pisser ! C'est dangereux. Je peux avoir des maladies pour ça.

– Il reste un quart d'heure, t'es pas un animal, tu te retiens. Et tu vas t'asseoir !

– Je m'en fous, j'ai envie j'y vais.

Le surveillant se demande s'il doit faire barrage. Il imagine qu'ils pourraient se battre. Il se raisonne. Chris sort en claquant la porte, sac sur le dos.

La permanence terminée, les élèves regagnent leurs chambres ou vont prendre l'air. Chris est assis sur un banc dans la cour, une joie mauvaise sur le visage.

Le surveillant passe à côté de lui sans le regarder. Il monte au couloir 2, celui dont il est le référent.

Il fait le tour des chambres. Celles qui sont occupées ont l'air tranquille, les autres sont fermées.

Il continue son inspection et finit par trouver.

Dans les sanitaires, du papier toilette a été mis pour boucher les grilles d'évacuation et les robinets des douches ont été ouverts. Le sol est couvert d'eau et de morceaux de PQ.

Il pénètre dans la pièce, à bout, l'esprit vide. Il patauge, enlève le papier des bouches d'évacuation.

Il arrive sur la cour comme une bombe, il court presque.

– Viens là !

Chris ne bouge pas du banc. Il baisse la tête, se prépare à l'affrontement. Être un bloc de mauvaise foi, seule défense possible maintenant. C'est allé trop loin pour négocier.

– Viens là, je te dis !

– Qu'est-ce que j'ai fait encore ?

– Rien ! T'as rien fait ! Rien du tout !

Le surveillant s'est arrêté juste en face, au-dessus, comme s'il allait lui envoyer un coup de tête. Il hurle. Une voix rauque, une voix qui le surprend lui-même.

– Tu vas venir tout laver ! Maintenant !

– T'es malade, toi. J'ai rien fait.

Le surveillant se penche au-dessus de Chris. Sa voix moins hurlante, plus sourde, très menaçante.

– Tu crois que tu vas pouvoir te foutre de ma gueule encore longtemps ?

L'adolescent ne répond pas. Le surveillant approche son visage.

– Est-ce que tu vas te foutre de ma gueule encore longtemps ?

– T'es malade ! Vas-y casse-toi.

Chris esquive et s'éloigne de deux pas. Le surveillant se remet face à lui mais conserve la distance. Il sent confusément que s'il la franchissait, il n'y aurait plus le choix, il faudrait se battre.

La distance refroidit sa colère.

Pour Chris c'est le contraire, se lever lui a redonné l'énergie du combat.

Le surveillant continue de jouer la fureur pour garder l'avantage. Il fait de grands gestes en parlant, montre du doigt :

– Tu vas venir avec moi !

– T'as fumé !

– Moi je te dis que tu vas venir ! Et que tu vas nettoyer tes conneries.

Chris entend que le surveillant se calme, c'est une chance à prendre. Il fait un pas en avant.

– Qu'est-ce que t'as à me parler comme ça, toi !

Le surveillant est déstabilisé.

Il ne sait plus s'il est légitime. Il ne sait plus s'il doit risquer l'affrontement physique. Il ne sait plus s'il va trop loin. Si ce n'est pas lui, en fin de compte, qui est en faute.

Il hésite, pâlit, se défend.

– Parce que c'est moi qui te parle mal ?

– Tu me gueules dessus depuis tout à l'heure.

– Non mais c'est une blague. C'est une blague… Et les douches, c'est une blague aussi !

– De quoi, j'ai rien fait.

– Y a que toi qui peux avoir fait ça !

– Je sais pas de quoi tu parles.

– Tu sais pas ? Tu sais pas ! Je vais te montrer ! Si y a que ça pour te faire plaisir, on y va…

Le surveillant s'avance. Il tente de saisir le bras de Chris pour l'emmener avec lui. Chris parvient à esquiver. Maintenant c'est lui qui crie :

– Lâche-moi ! Jamais tu me touches ! Enculé.

– C'est ça, insulte-moi, vas-y ! On verra ça demain chez M. Lerain, t'inquiète pas… Et je me souviendrai bien de tout, compte sur moi !

– Toi t'es un connard d'façon.

Chris attrape son sac et court vers la grille.

– Reviens là ! Reviens ! J'appelle les flics !

Il est passé de l'autre côté, on ne le voit déjà plus.

Le surveillant a un moment d'abattement très profond, le sentiment d'une fatalité.

Il s'appuie sur la grille, le regard perdu sur la rue.

Enfin, il se décide à gagner son bureau pour prévenir la gendarmerie, le directeur, les parents.

Fugue

Chris court à toutes jambes. La peur d'être attrapé, et des poussées d'adrénaline, des éclats de rire insensés lui montent dans la gorge.

Il habite à dix kilomètres. Il songe qu'il sera repéré très vite s'il continue sur la grande route.

Il saute le fossé, pénètre dans un champ.

Il n'a plus de peur, plus de colère.

L'impression que le ciel s'est ouvert.

Le sentiment d'une grande liberté, d'une liberté faite pour lui, qu'on lui adresserait à lui, personnellement. Une extase.

Rien ne pèse. Pas de rôle à jouer.

Il marche dans la joie jusqu'au bout du champ.

Il escalade le grillage, arrive dans un bosquet, s'enfonce parmi les arbres.

Son portable sonne. C'est sa mère. Il ne répond pas. Elle rappelle. Il met le téléphone au fond de son sac et marche jusqu'à ce que la sonnerie cesse. Il faut qu'il réfléchisse.

Il a trente euros en poche, normalement. Il vérifie – poche revolver de sa veste : tout y est. Maintenant où aller ? Un endroit pour faire la fête et passer la nuit et, demain, trouver un moyen de partir. Il ne reviendra jamais au collège, ni chez sa mère d'ailleurs.

Il pense aux anciens amis de son père, Kevin, Ludo… Il a leurs numéros. C'est une bonne piste pour ce soir.

La nuit tombe vite sous les arbres. Il se remet en route.

Entre-deux

Partie très loin dans la nuit du cerveau, la conscience revient : il voit, il entend.

Tout est flou, ses yeux sont boursouflés. La migraine lui occupe tout le crâne. Des morceaux de nourriture digérée, acides, lui collent aux sinus. De la bile jaillit de sa bouche et de son nez. Le reste est dans le fond, mélangé à l'eau des toilettes.

Il se trouve dans une salle de bains. Du linge sale éparpillé jusqu'au pied de la cuvette. Des taches de dentifrice et des poils collés par terre. Une ampoule nue fait une lumière sans âge. Il n'y a pas de fenêtre. Chris rassemble ses esprits, se mouche, s'essuie. Il essaie de se relever, s'écroule. Il réussit finalement à s'asseoir sur la cuvette. Sa vue se précise. Il entend des insultes de l'autre côté de la porte, plus loin.

Il ne sait pas ce qu'il fait là.

Lorsqu'il parvient à tenir sur ses jambes, il sort. Le besoin de savoir où il se trouve est plus fort que la peur. Il est encore très saoul. Il manque de tomber en passant la porte, se rattrape à la poignée. Il arrive dans un couloir. À l'extrémité du couloir, une petite cuisine avec une fenêtre. Dehors, il fait nuit noire.

Il n'est jamais venu ici.

Il flotte dans l'ivresse, la nausée, la crainte grandissante.

À droite, il y a une porte ouverte avec de la lumière. C'est de là que viennent les insultes. De la musique aussi. Le long des murs du couloir, des sacs poubelle, des manteaux par terre, des bouteilles. Chris aperçoit son sac à dos coincé entre deux poubelles.

Le salon est éclairé par une lampe de chevet. Une guirlande électrique ajoute une lumière faible. Il fait une chaleur écœurante. Par terre, une fille dort.

Chris ne reconnaît personne.

Dans un canapé, un homme d'une trentaine d'années se tord les mains. Il transpire, se balance d'avant en arrière. Un autre homme, debout, lui fait face et le couvre d'injures. Il est question de respect, de vol, de flics, de trahison.

L'autre proteste mais il est coupé tout de suite.

– Ta gueule ! Je t'ai pas dit de parler ! Tu crois que je vais me laisser baiser comme ça ?

Suivent une série de coups de poing dans le mur, des coups de pied dans le canapé, dans la table. Lorsqu'il aperçoit Chris, il se remet à crier.

– Qu'est-ce qu'il fait là, putain ! Je veux pas d'embrouille ! Retourne chez tes parents ! Casse-toi de chez moi !

Chris récupère son sac en toute hâte, les mains sur les murs pour trouver la sortie, des éclairs lumineux dans les yeux. Il n'a jamais eu aussi peur de toute son existence.

Il sort sur le palier de l'immeuble et, dans le noir, franchit les trois étages qui le séparent du rez-de-chaussée, agrippé à la rampe comme à une ligne de vie.

Il arrive en bas, devant la porte vitrée du HLM. Il colle son front sur la vitre. Le quartier lui est parfaitement inconnu.

Des silhouettes passent de l'autre côté de la rue.

Chris se cache sous l'escalier, le plus au fond possible.

De longues minutes s'écoulent. Il se rend compte qu'il fait froid.

En moins d'une heure il s'est raconté toutes les histoires possibles : on va le trouver, le dépouiller, on va le tuer, il va mourir de froid, il va mourir de soif – l'envie de boire est intolérable !

Qu'est-ce qu'il doit faire ?

Il ne sait même pas dans quelle ville il est. Son portable affiche deux heures du matin. Vingt-sept appels en absence, sa mère, quelques-uns de Marvin.

N'y tenant plus, il essaie Marvin. Vis-à-vis de sa mère, Chris a trop honte, trop peur, mais Marvin est sans doute près d'elle, il la préviendra… Encore faut-il qu'il soit réveillé.

Il lui envoie : « Tu dors ? »

Réponse tout de suite après : « Appelle-moi »

« Je peux pas »

« T'es où ? »

« Je sais pas »

« Quelle ville ? »

« ? »

« T'es chez quelqu'un ? »

« Non »

« Y a des gens avec toi ? »

« Non »

« T'es blessé ? »

« Non »

« Mets la géolocalisation, planque-toi et je viens te chercher »

Chris se met en boule, le front posé au sol. Il rentre les bras sous son pull, les croise contre son ventre et attend.

L'adolescent sort de l'immeuble, hagard. Marvin se penche pour lui ouvrir la portière. Chris monte.

Le souffle assourdissant du chauffage est rassurant, hospitalier… Mais Chris ne s'y abandonne pas longtemps. Quelques secondes suffisent pour qu'il se recompose un visage dur et fermé, armé contre les reproches.

– Y a du coca à tes pieds.

– Mmh.

Marvin le laisse boire.

– Tu sais où on est ?

– Non.

– La Chapelle.

– Ah.

– T'as fait du chemin !

– Mmh.

– Et tu sais pas ce que tu fous là ?

– Non.

Marvin souffle un petit rire par le nez.

– T'en as pris une bonne, toi !

Chris se détend, il répond par un petit rire semblable.

– Tu nous as quand même bien foutu la trouille… Venir te chercher à trois heures du matin, à la limite… Mais je peux te dire qu'on a eu la peur de notre vie.

– Je m'en fous.

– Moi je m'en fous pas, tu vois. Et celui qu'est venu te chercher, c'est moi.

– Mmh.

– Bah oui.

Marvin reprend, plus doucement.

– Mais je t'en veux pas. J'étais bien dans mon lit, et demain j'aurai une sale tête au boulot mais je t'en veux pas. Franchement. Ce que je te dis c'est pour ta mère. Ça lui a vraiment fait peur.

– Ouais, pardon.

– C'est à elle qu'y faut le dire. Moi, je te dis, c'est réglé. Entre toi et moi, y a pas à s'excuser, mais c'est pour Tiffanie. Et tu sais comment elle est quand on la met en stress.

– Tttt.

– Tu lui as foutu la trouille. Et une maman c'est une maman : quand ça a peur pour son enfant… Faut pas s'attendre à ce qu'elle t'accueille avec les croissants et le café. Tu vois ce que je veux dire ? Et elle aura raison.

– Mmh.

– Tu me passes le coca s'il te plaît… Je vais m'arrêter là-bas. On va se fumer une clope. Ça te fera du bien avant d'affronter ta mère… Je vais la prévenir que je t'ai récupéré et qu'on se prend une pause, qu'elle s'inquiète pas.

Pas une maison en vue. Devant eux, une masse d'obscurité profonde : un champ ou une rivière. Ils sont assis sur le capot de la voiture. Moteur coupé, phares éteints. Le point rouge de leur cigarette. Ils se voient à peine. Le capot est tiède, le ventilateur tourne encore, puis il s'éteint. Le grand silence autour, la fumée, la braise au bout des doigts.

Quand il n'y a plus que le filtre, l'un après l'autre ils froissent ce qui reste de la cigarette et le jettent au loin, dans le noir.

– Pourquoi t'es parti du collège ?

– Ils m'ont fait chier. J'ai pété un câble.

– Et après, t'as fait quoi ?

– J'ai marché. J'ai appelé Ludo, on est allé chez des potes à lui. Après je sais plus trop, on a été chez d'autres gars. Après je me souviens pas.

– N'empêche, t'aurais pu envoyer un texto pour dire que t'étais en vie, même sans dire où t'allais, mais juste que t'es en vie, qu'on n'imagine pas n'importe quoi.

– Mmh.

– Tu sais que ta mère a prévenu les flics.

– Putain !

– On les a rappelés pour les prévenir qu'on t'avait retrouvé. Mais bon, un petit texto pour rassurer, ç'aurait été bien… Elle voulait qu'on prévienne ton père.

– Tttt.

– C'est ce que je lui ai dit mais elle était en panique. T'imagines : appeler la prison, tout balancer au gardien pour qu'ensuite il aille répéter à ton père que t'étais barré je sais pas où…

– Putain…

– Je lui ai dit de pas le faire, évidemment. Qu'est-ce qu'il y pouvait ? Sincèrement ? Ceux qui peuvent faire quelque chose c'est nous. Je lui ai dit : fais pas ça, il va s'énerver tout seul et ça servira à rien. Pour moi c'était de la pure connerie… T'aurais voulu qu'on l'appelle ?

– Non.

– Tu peux me dire merci alors.

Chris ne se rend pas compte que la conversation s'arrête.

Il imagine son père.

– Une dernière ? propose Marvin.

– Hein ?

– Une dernière, ou tu veux qu'on rentre ?

– Une dernière.

– Tout ce qui peut nous retarder, j'ai l'impression que t'es preneur.

– Ouais.

– Il faut assumer, c'est comme ça…

Le briquet claque. La nuit les reprend.

Retrouvailles

Chris attend que Marvin ait ouvert la porte d'entrée pour sortir de la voiture. Il franchit à grands pas le peu de distance qui le sépare de la maison, passe devant Marvin, entre en trombe dans le salon, lancé comme une pierre, décidé à monter dans sa chambre et à s'y enfermer pour toute explication.

Sa mère se met face à lui.

– Hé !

Chris la contourne et force le passage.

– Regarde-moi !

Il attrape la rampe, monte la première marche.

Tiffanie s'agrippe à la manche de son fils.

– Viens là !

Elle est blafarde. Les cheveux emmêlés, des cernes. La fureur lui déforme le visage, tire sur ses joues et lui fait les yeux ronds ; la monstruosité d'une gargouille, et en même temps pathétique, humiliée par la mère qu'elle n'arrive pas à être.

– Viens là !

– Lâche-moi !

– Sûrement pas !

– Lâche-moi, putain !

– Commence par t'excuser d'emmerder tout le monde au milieu de la nuit ! Et d'avoir rien dit ! Et de t'être barré du collège ! Et qu'on ait dû prévenir les flics ! On est passé pour des cons auprès de tout le monde ! Mais ça, t'en as rien à foutre. C'est Monsieur je me fous de vos gueules mais je vous appelle quand même à deux heures du mat'parce que je sais pas où je suis !

– Ta gueule, putain…

– T'as que ça à dire ? T'as que ça dans la bouche : des insultes ! T'as aucun respect, pour rien ! T'es juste un petit con… Juste un petit con qui pense qu'à lui !

– J'aurais dû rester dans la rue, tu me cassais pas les couilles au moins ! Je pourrais crever t'en aurais rien à foutre d'façon !

– Si j'en avais rien à foutre, je serais pas debout au milieu de la nuit. Réfléchis !

– Bah va dormir puisque t'es fatiguée !

– Je suis ta mère ! Ici t'es chez moi, et tu me respectes ! Et si t'es pas content, tu te barres !

– Je vais me casser, je m'en bats les couilles !

– La porte est là. Tu peux y aller.

– Je pense qu'on est tous fatigués. On devrait aller se coucher. On parlera demain, tente Marvin.

Mais Tiffanie ne décolère pas.

– Tu peux être sûr que ton père sera au courant.

– J'en ai rien à foutre !

Chris s'arrache des mains de sa mère. Il explose.

– Tu peux tout lui dire, j'en ai rien à foutre !

Il monte l'escalier en criant.

– Vous êtes des enculés ! Des enculés ! Des enculés ! Des enculés !

La porte claque. Derrière la porte, les hurlements de Chris continuent. Il renverse les meubles de sa chambre, casse les cadres, envoie des coups dans les murs… Un vacarme d'apocalypse envahit la maison.

Tiffanie tremble des pieds à la tête, la peau blanche.

D'un geste, Marvin propose de la prendre dans ses bras pour qu'elle puisse s'effondrer. Elle décline.

Première chose, son paquet de cigarettes. Elle doit s'y prendre à plusieurs fois pour réussir à l'ouvrir, tant elle tremble.

– Je vais prendre l'air.

Marvin réfléchit. Rejoindre Tiffanie ? Forcer la porte de Chris ?

Il décide de rester au centre de tout, disponible.

Il se sert un verre de rhum, va chercher deux glaçons dans le congélateur, revient boire son verre à la table.

La chambre de Joris s'entrouvre timidement. Il s'approche de la rambarde du palier.

Joris est ébloui par le spectacle de cet homme, en bas, d'une tranquillité absolue au milieu de la violence. C'est rassurant, plus rassurant que tout. Impensable. Marvin semble ne pas souffrir du tout.

L'amour de Joris grandit comme une vague, le couvre de frissons, bosses et creux sur les bras, la nuque, le haut des jambes. L'amour prend tout, sort de l'enfant et s'élance vers Marvin. Une admiration sans limite…

Mais quelque chose vient de changer. Est-ce la lumière du plafonnier sur le visage de Marvin ?

La vision le heurte comme une gifle.

L'abat-jour décrit de petits cercles au-dessus de l'adulte. Les ombres disparaissent, reviennent, grandissent… C'est comme s'il avait deux visages. Deux visages aussi effrayants l'un que l'autre. Un visage creusé de taches noires, sans humanité, le visage d'un crâne. Et un visage sans ombre, démasqué, à peine plus humain, avec un semblant de sourire, mais d'une si profonde moquerie…

Et tout à coup c'est lui, Joris, que ce visage regarde. Pas de doute, les yeux sont fixement braqués sur lui sans marquer la moindre expression.

Joris abandonne la partie. Il referme sa porte et se rétrécit dans son lit.

Marvin se lève, allume la lampe de chevet à côté de la télé, éteint la grande lumière du salon. Se méfier de l'enfant.

Tiffanie se sert un verre et vient s'asseoir à ses côtés. Ils boivent ensemble, sans parler.

La violence de Chris ne rencontre plus d'objets à briser, il se calme. Ivre de brutalité assouvie. C'est la petite mort qui vient après les cataclysmes. Au milieu des éclats de bois, de verre, de plastique, il s'endort.

Un cœur de joueuse

– C'est Marvin qui viendra le chercher. Tu ne connais pas Marvin ?

– Non.

– Ça va aller ?

– Mais oui.

Mamie-zette referme la porte.

Joris est déjà devant la télé. Les talons de Mamie-zette claquent jusqu'à lui avec une régularité musicale, chaloupée, dans un contretemps étrange.

Mamie-zette est petite, la silhouette brouillée dans des robes sans forme.

Des bras sans graisse, qui, quand elle s'assoit pour lire le journal, se détendent jusqu'à ce que la peau repose sur la table.

Austère, c'est le mot qu'elle inspire à ceux qui la connaissent. Joris ne la considère pas comme ça. Pour lui c'est une présence mesurée, géométrique, dans une économie de gestes et de paroles qui fait d'elle un être sans risque, dénué de fourberie, prévisible, souvent triste, c'est vrai. Mais elle aime comme une enfant qu'on la surprenne. Elle cache un cœur de joueuse.

En vérité, il y a peu de choses qu'elle ne tolère pas, tant qu'il n'y a pas de méchanceté. La méchanceté lui cause un mal physique et la referme comme une huître.

– Tu ne m'as pas dit bonjour, je crois.

– Bonjour Mamie-zette.

Joris ne bouge pas du canapé. Elle est derrière lui, elle n'exige pas qu'il l'embrasse.

Elle accorde une seconde d'attention à l'écran où clignotent des dessins animés et pose la question habituelle.

– Ce ne sont pas des bêtises que tu regardes ?

La réponse est toujours la même.

– Non, je les regarde aussi chez moi.

– Bon.

Durant l'heure qui suit, Mamie-zette va faire le repas. L'ensemble de ses ustensiles de cuisine est composé de casseroles et de poêles tordues, de cuillères en bois rongées jusqu'à l'os, de couteaux tant aiguisés que leur lame s'est creusée avec l'âge. C'est toute une vie qu'il y a dans ses outils quotidiens.

Il n'y a plus qu'elle à savoir encore trancher avec ses couteaux, manier ses cuillères et faire chauffer ses plats, ses casseroles, ses poêles, sans les faire attacher.

Le seul objet qui soit à peu près récent est le micro-ondes, offert par son fils il y a plusieurs années. Couvert de publicités et d'objets de toute sorte : des boîtes, des bouchons, une corbeille avec des noix…

Elle ne saurait pas dire la dernière fois qu'elle s'en est servie, ni même si elle s'en est servie en dehors de la toute première démonstration, pour remercier, le soir de Noël où elle l'a reçu. Le plastique a jauni avec le temps, la graisse, l'inutilité, si bien que le micro-ondes a l'air d'être d'un temps plus ancien que le reste de la pièce.

Joris aime venir écouter les bruits que fait sa grand-mère quand elle prépare à manger. Le claquement des talons, les raclements de gorge – toujours par deux –, les plats cognés les uns aux autres, le métal des ustensiles, le frigo qu'on ouvre avec peine. L'eau qu'elle allumera trop fort et fermera doucement, en écoutant comme un médecin écoute le cœur, pour obtenir un débit modéré. Pour finir, la monotone aération du four.

– Y a plus rien à la télé.

– Eh bien arrête mon petit gars.

– Je peux t'aider à faire la cuisine ?

– J'ai fini, tu vois. Il ne reste plus que la vaisselle.

– T'as fait quoi ?

– Des frites et du poulet.

Le sourire de Joris lui entre dans le cœur. Il n'y a qu'un haussement de sourcil pour en témoigner.

– Et en dessert ?

– Ce sera des fruits.

– On peut faire un gâteau !

– Après les frites, ça te ferait mal au ventre.

Joris entend que le refus n'est pas net. Il y a un coup à jouer. Il relève les épaules, prend l'air d'un pirate sur un baril.

– Mon ventre est très grand, mamie !

– Allez, mon petit gars…

Il relève son tee-shirt, gonfle son ventre et tape dessus. Il sait qu'il faut à la fois qu'il désarçonne et qu'il attendrisse.

– Regarde mamie, c'est un ventre à gâteaux, ça !

– T'en es malin…

– Alors des crêpes !

– Non, tu vas te faire mal au ventre. Je ne veux pas te rendre malade à ta mère.

– Alors des crêpes pour maman, pour son dessert ce soir.

– Ça lui fera plaisir tu penses ?

– Oui.

– Si tu en donnes aussi à ton frère et à, je sais plus comment il s'appelle…

– Marvin.

– Voilà, on en fait si tu veux. Mais tu me promets que ce sera pour tout le monde.

– Je sors quoi ?

– Attends un peu… Ta vieille grand-mère a besoin de temps pour faire les choses. J'ai plus ton âge tu sais.

De ses mains tremblantes, elle roule patiemment ses manches et entame la vaisselle. Les saladiers et la planche à découper paraissent étrangement massifs, manipulés à bout de bras par cette femme au corps strict et fébrile. Un faux mouvement, elle tomberait comme du verre.

– Tiens… Tu attends que je le mette sur la table et tu peux essuyer avec le torchon. Maintenant, tu peux sortir le paquet de farine et le paquet de sucre. Tu sais où c'est ? Fais ça proprement.

– Je sais.

– Tu sais toujours tout… Fais attention. C'est pas Dieu possible…

– Te fâche pas, mamie.

Elle secoue la tête, désolée de ne pas savoir gronder Joris comme il faudrait.

– Allez, concentre-toi.

Joris verse la farine dans le saladier. Il casse les œufs, empile les coquilles vides dans la boîte, ajoute du sucre, le lait. Pendant qu'il verse les ingrédients, Mamie-zette veille à ce qu'il fasse bien les choses et sans excitation. Lorsqu'elle est sûre de son petit-fils, de son habileté, de son calme, elle mélange énergiquement pour casser les grumeaux.

– Qu'est-ce qu'il ne faut pas oublier ?

– Du sel.

– C'est bien mon petit gars. Tu peux en mettre un peu. On va laisser reposer maintenant.

Elle couvre le saladier avec un couvercle en métal, un vieux couvercle noirci, cabossé, au manche en bois rayé par les brûlures.

– Tu peux aller jouer en attendant. Je t'appellerai pour les faire cuire.

– On mange bientôt ?

– Dans une heure.

– J'ai faim.

– Bois un verre d'eau.

– Je peux prendre une biscotte avec du beurre ?

– Je ne sais pas si c'est raisonnable… Après tu n'auras plus faim pour le repas.

Joris lui fait un sourire passe-muraille.

Il sait que la biscotte est obtenue, il connaît ses armes et leur efficacité.

– Tu me promets que tu auras encore faim à midi ?

– Je te jure.

– Bon.

– Avec un tilleul aussi. S'il te plaît.

Mamie-zette cueille son tilleul tous les ans. Elle le fait sécher sur un fil dans le garage. Quand il est sec, elle bouchonne les feuilles dans des bocaux qu'elle range, en grimpant sur une chaise, au-dessus des placards.

Elle met une casserole d'eau à chauffer, la casserole réservée aux infusions, rarement lavée, nappée d'une couche de tartre impossible à gratter.

Joris pioche le tilleul, comprime les feuilles dans une boule à thé.

Mamie-zette verse l'eau. La boule à thé chahute un peu avant de couler.

– Tu fais attention, c'est chaud.

Elle beurre une tartine pour Joris, avec économie. Le couteau racle sur la biscotte.

Joris n'a pas faim mais il savoure les gestes de sa grand-mère. Et l'impression grisante qu'il va boire quelque chose qui vient du jardin, réservé d'habitude aux adultes.

Il croque à peine sa biscotte, et comme il n'aime pas tellement le tilleul, il s'en désintéresse vite et quitte la cuisine.

L'heure écoulée, Mamie-zette tire une pleine louche du saladier, la verse sur la poêle chaude qu'elle fait pivoter et, quand la crêpe est trop cuite pour continuer à se répandre, ajoute un trait de pâte pour faire le raccord.

À l'aide d'une fourchette, elle soulève les bords de la crêpe qui perdent leur pâleur. Elle fait sauter la crêpe et la rattrape sans détacher les bras du buste. La poêle est replacée sur le feu le temps de préparer les assiettes, celle du dessous et celle que l'on pose dessus, à l'envers, pour garder la condensation et les crêpes élastiques.

Les crêpes s'empilent. Joris veut participer. Il mélange d'abord la pâte avant chaque louche puis, comme il insiste pour en faire plus, c'est lui qui verse la louche sur la poêle et qui la retourne. À l'aide d'une spatule en bois, monté sur un tabouret, il lutte contre la brûlure de la crêpe sur ses doigts. Il faut la maintenir un petit temps, pour qu'elle glisse de la spatule selon une juste trajectoire, qu'elle ne s'agglutine pas sur elle-même – après quoi, impossible d'obtenir autre chose qu'une boule immangeable –, ni qu'elle manque la poêle et tombe à côté.

Il s'en tire bien.

– Je peux les faire sauter ?

Mamie-zette a le réflexe de tendre les mains pour attraper la crêpe mais elle est déjà en l'air. Si elle poursuit plus loin, elle risque de gêner Joris. Elle s'arrête. La crêpe retombe à moitié sur la poêle, en équilibre.

Mamie-zette saisit la main de Joris qui tient le manche et manœuvre avec fermeté. Joris se laisse faire. Quand la poêle est sur le feu, la crêpe entièrement dedans, que sa grand-mère ne le tient plus, qu'elle réprime son agacement et cherche quoi dire pour se fâcher avec des mots justes, il s'arme de toute son assurance et dit :

– T'as vu ?

– Oui, j'ai vu !

– J'arrive bien.

Le ton est espiègle et faussement naïf. C'est accompli avec justesse et sans gêne, et tellement de gaîté, Mamie-zette ne sait plus quoi lui reprocher.

– Sapré gamin, va…

– Cette fois je fais tout.

– Attends, d'abord je mets celle-là dans l'assiette et c'est moi qui mets l'huile.

– Mais non, c'est bon…

– C'est trop dangereux. Je veux bien te laisser faire la crêpe, mais c'est à la condition que ce soit moi qui mette l'huile. Sinon je finis toute seule.

La crêpe suivante est pour les poules. Les deux d'après sont convenables.

Mamie-zette finit par accepter qu'il s'occupe de l'huile aussi et commence à mettre le couvert du midi.

Encore une crêpe et Joris, déjà, se lasse. Ça ressemble à l'école, une fois l'habileté acquise, quand il faut découper, coller, tracer des figures ou reproduire des textes. L'intérêt est vite passé et il faut pourtant continuer proprement, même si on sait faire.

– Mamie !

– Oui mon garçon, je vois que tu te débrouilles très bien.

– Je vais faire deux tours cette fois.

– Ne va pas nous en inventer !

Joris, les jambes écartées, la poêle tenue à deux mains, envoie la crêpe un mètre au-dessus de lui.

– Attention… Tu me fais peur…

La crêpe retombe dans la poêle.

– Et voilà !

Il envoie un salut à Mamie-zette. Ce n'est pas méchant, pense-t-elle aussitôt.

– T'es un bon petit gars, va.

– Encore !

Joris passe l'huile sur la poêle brûlante, verse la louche, décolle les bords de la crêpe et, revenant au centre de la cuisine, fait sauter la crêpe si haut qu'elle se colle au plafond, déclenchant le fou rire de Mamie-zette, après quoi elle retombe et s'écrase mollement sur le sol.

Pour Mamie-zette, dans cet intérieur où elle rétrécit depuis des années, c'est infiniment réjouissant. Elle se cache dans ses mains, se retourne pour ne pas être vue riant à ce qui est une bêtise.

Joris est lancé.

Il aime sa grand-mère et la faire rire est beau comme un miracle, même à ses yeux d'enfant. C'est enfoncer un mur que tout le monde craint, qui cède avec une étonnante facilité et ouvre sur la lumière du jour.

Les crêpes volent, Joris les envoie exprès dans les hauteurs, frapper les meubles, le lustre. Il faut bientôt que Mamie-zette s'asseye, la joie lui coupe les forces.

Il sait que l'enfance revenue de Mamie-zette n'est pas aussi durable que son envie à lui de s'amuser et que, s'il veut continuer à profiter, il faut la conduire du rire à la tendresse. Il se blottit contre elle. Mamie-zette sèche ses larmes avec un coin de tablier. Les yeux encore brillants, une émotion profonde dans la voix, elle lui caresse le crâne.

– T'es mignon, va… T'es bien mignon.

Joris interrompt le moment en s'exclamant :

– Les crêpes, ce sera que pour maman !

Passée la surprise, Mamie-zette comprend que l'enfant a quelque chose à dire.

– Tu as aussi un frère, rétorque-t-elle doucement.

– Alors ce sera que pour maman et mon frère.

Mamie-zette fait comme avec un plat sorti du four, elle attend un peu.

– Pourquoi tu dis ça ?

– Je veux que ce soit que pour maman et Chris.

– Et… comment il s'appelle ?

– Marvin.

– Il n'aime pas les crêpes Marvin ?

– Je sais pas.

– Tu es fâché parce que ce n'est pas ton père.

– Non !

– Tu sais, même si tu ne l'aimes pas, il est là. Ta maman est bien avec lui. C'est comme ça.

– J'ai pas envie qu'il soit là.

– Tu sais mon petit gars, moi aussi je suis triste de ce qui est arrivé avec ton père. Et je suis triste surtout de ce que ça a fait pour vous. Mais, Marvin, c'est comme ça qu'il s'appelle ?

– Mmh.

– Marvin il n'y est pour rien.

– On n'a pas besoin de lui.

– Ta maman elle est fatiguée tu sais. Tu sais qu'elle est fatiguée, n'est-ce pas ?

– Oui.

– Alors tu peux comprendre que c'est bien, quelqu'un pour l'aider.

– Moi je peux l'aider.

– Toi, tu sais faire beaucoup de choses et ta maman a beaucoup de chance de t'avoir. Chris aussi, même s'il n'est pas toujours facile, c'est un bon garçon aussi, je sais bien… Mais il n'empêche qu'elle est fatiguée votre maman.

– C'est pas de ma faute.

– Non, ce n'est pas de ta faute. Les adultes ont besoin de ne pas être tout seuls, parfois. C'est leurs histoires, c'est vrai. Mais ton papa, tu sais bien où il est. Tu sais bien qu'il ne peut pas être là. Et puis ils sont séparés avec ta maman, tu sais bien.

– Ta gueule.

– Ah non ! C'est pas comme ça qu'on parle à sa grand-mère. Tu es peut-être en colère mais tu parles gentiment.

– Pardon.

– Pardon mamie, c'est mieux.

– Pardon mamie.

– Allez, on arrête avec ça. On ne va quand même pas se fâcher tous les deux ? Je sais bien que t'es pas un mauvais cœur pour autant, va… Il n'est pas méchant avec vous ?

– Non.

– Il vous parle gentiment ?

– Ça va.

– Il ne vous fait pas de mal ? Parce que s'il vous fait du mal, par contre, il faut que tu me le dises. Il n'a pas le droit de vous faire du mal. Alors, mon garçon, est-ce qu'il vous fait du mal ?

– Non.

– Mais tu ne l'aimes pas
– Je sais pas.
– Tu ne l'aimes pas.
– Non.
– Et pourquoi tu ne l'aimes pas ?
– Je sais pas.
– Il est méchant avec vous ?
– Non.
– Tu es fâché contre lui ?
– J'aime pas quand il est chez nous.
– Il est méchant avec ta maman ?
– Non.
– Et avec ton frère ?
– Non.
– Avec toi, il est méchant ?
– Non. Je l'aime pas quand même.
– Tu as peur de lui ?
– Oui.
– Il a fait quelque chose qui t'a fait peur ?
– Il regarde bizarrement.

Fin de journée

Joris et sa grand-mère sont attablés dans le salon. Le repas est terminé, Mamie-zette lit le journal. Les feuilles tournent.

Joris joue à la console. Il a enlevé le son. Il joue mollement. Bercé par le bruit des pages qui se tournent, l'harmonie étrange qu'elles font avec les petites gorgées de café que Mamie-zette avale sans quitter le journal des yeux, et le bruit de la tasse, fine, décorée comme de la dînette, qui tinte sur la soucoupe.

On frappe. Mamie-zette ouvre à Marvin.

La table, Mamie-zette, le journal, le salon, la cuisine, la maison, étaient accrochés à lui ; un réseau de fils en toile d'araignée. C'était cohérent, tenu, organique. Il était au centre, à sa place et porté par le monde autour.

L'arrivée de l'étranger coupe les fils d'un seul coup.

– Vous avez l'air bien ici, dit Marvin.

– Mais oui.

– Ça va Joris ?

Joris quitte la table sans répondre.

– Tu vas où ?

– Ranger !

C'est entre le cri et le crachat. Le ton agressif de Joris appelle un recadrage mais c'est un entre-deux. Mamie-zette perd son autorité au profit de Marvin, et Marvin n'a pas encore pris la main.

Ni les paroles ni la chaise que l'enfant bouscule volontairement ne seront sanctionnées.

– Il a été comme ça tout le temps ?

– Oh non, il a été mignon.

– Bon…

– Vraiment, ça a été, on ne peut pas dire.

– La mauvaise humeur c'est que pour la maison, alors… Tant que c'est dans ce sens-là, c'est bien. C'est dans l'ordre des choses.

– Ah.

Mamie-zette a tourné la tête malgré elle, pour camoufler l'offense qu'elle ressent.

Joue pas au père légitime, tu vas la braquer.

Il laisse un petit silence et reprend :

– Les transitions sont toujours difficiles pour les enfants.

– Vous avez raison.

– Mais pour le reste, ça a été ?

– Très bien.

– Je demande, c'est sa mère qui veut savoir.

– C'est bien normal.

– En tout cas, ça sent bon quand on entre ici.

– On a fait des crêpes.

– Ah c'est ça…

– Eh oui.

– Joris les a faites avec vous ?

– Il n'y a pas de raison.

– J'ai remarqué qu'il aime bien ça, la cuisine.

– Vous cuisinez avec lui ?

– Avec son frère aussi, de temps en temps. Quand j'arrive à le faire lever de son siège.

– Ça…

– Mais il est doué, lui aussi. Et il aime bien. Mais vous le savez mieux que moi.

– Oh, c'est quand il veut et il ne faut pas que ça dure trop, mais vous avez raison. Il est très capable.

– Et alors, la cuisine ne ressemble pas trop à un champ de bataille ?

– Non, non, ça va.

– Parce que les deux frères ensemble, c'est pas triste.

– Je veux bien vous croire.

– Il est venu avec deux sacs, c'est ça ?

– Je ne peux pas vous dire.

– Si vous voulez bien, je ferais bien un tour pour vérifier. J'ai consigne, et la patronne ne plaisante pas, de bien tout ramener. Vous voulez bien ?

– Mais oui, faites.

Il revient quelques minutes plus tard.

– J'ai vu que les toilettes du haut ne marchent pas très bien.

– C'est possible.

– Je sais pas si vous le savez, c'est mon métier la plomberie. Je pourrais vous réparer ça.

– Ne vous dérangez pas pour moi. Ça fait longtemps que c'est comme ça. Il n'y a pas d'urgence.

– J'en ai pour trente minutes, pas plus. Jeudi de la semaine prochaine, par exemple, est-ce que je peux passer ? Vous me montrerez le compteur. J'en profiterai pour faire un contrôle de toute l'installation tant que j'y suis. Avec votre accord, bien sûr.

Deux styles

Chris est avec son équipe de pêche : il se prépare pour le concours du week-end. Ils vont expérimenter plusieurs recettes d'amorce. Tiffanie rentrera vers vingt et une heures. Ils sont seuls à la maison. L'enfant s'éloigne depuis quelques jours. Marvin a essayé de faire plaisir de plusieurs façons, offrir un bon goûter, jouer à la console avec lui. Joris ne s'oppose pas mais ne montre aucun enthousiasme. Poli, c'est tout, et ouvertement froid.

Alain se présente à la porte. Les adultes se serrent la main.

L'enfant adresse un bonjour de loin. Marvin insiste.

– Viens dire bonjour.

Il arrive en traînant les pieds. Alain lui tend la main. Il serre cette main parce qu'il le faut. Il n'a qu'une seule idée : retourner devant la télé. La télé est un monde en soi, peut-être qu'elle peut vous protéger des choses à faire…

– Tu es prêt ?

Il repart aussitôt pour ne pas avoir à répondre à la question.

Il se met dans le canapé, monte le son de la télé. Alain fait signe qu'il gère la situation.

– Tu peux me prêter la télécommande, s'il te plaît ?

– Non.

– Alors je veux bien que tu baisses le son.

– C'est bien comme ça.

Alain laisse passer l'affront. Il pousse les objets qui sont sur la table basse et s'assoit dessus, face à Joris.

– Pousse-toi !

– Regarde-moi.

Joris se penche pour voir l'écran.

– Regarde-moi.

Le ton est raide comme la justice. L'enfant n'y entend pas de faille, pas de questionnement, pas d'excès de colère ou de crainte.

– Quoi ?

– Tu sais qu'on va voir ton père, alors je te demande si tu es prêt.

– Je veux rester là.

– Pourquoi ?

– Je suis bien ici.

– On a prévu d'y aller et tu étais d'accord. Tu étais d'accord donc on a fixé le rendez-vous. C'est toi qui as dit que tu étais d'accord. Pas vrai ?

– Mmh.

– C'est vrai ou pas ?

– Oui.

– Alors il faut y aller mon grand.

– J'ai pas envie.

– On y va et, si tu ne veux pas, on dira à la prison que tu ne veux pas. Mais on doit y aller.

– J'ai pas envie !

– Ça te fait peur ?

– Laisse-moi !

Il roule sur le côté du canapé, monte les escaliers et s'enferme dans sa chambre.

– Je vais le voir, dit Marvin. Ça ne vous dérange pas ?

Il n'attend pas la réponse et monte.

Joris est sous sa couette.

– Joris ? Sors de là ! Tu ne t'enfuis pas en courant comme ça alors qu'on vient te chercher. C'est pas comme ça qu'on fait ! Tu parles, tu t'expliques. Tu m'entends ?

La couette ne remue pas.

– Sors de là ! Je te parle, Joris !

Joris continue de faire la sourde oreille.

Marvin attrape la couette et l'envoie à l'autre bout de la chambre. Joris est aussi surpris, aussi en détresse, que si on lui arrachait ses vêtements.

Il se jette sur l'adulte les poings en avant. Marvin lui attrape les deux bras, le plaque sur le matelas, le met sur le ventre et lui tient les bras dans le dos, croisés l'un sur l'autre. Il s'assoit sur l'enfant. Il modère son poids, en appuyant suffisamment pour empêcher toute action.

Les cris de l'enfant sont comme les cris d'un animal capturé. Il pleure et il bave sur son drap.

– Lâche-moi ! Lâche-moi !

– Tu m'écoutes d'abord.

– Non ! Tu me lâches ! Tu me lâches, enculé !

– D'abord tu m'écoutes.

Joris se débat comme un fou. Il sent le corps de l'adulte qui pèse sur son dos, qui l'enfonce dans le matelas. Sa colère est si grande qu'elle devrait suffire à projeter Marvin contre le mur. Mais son corps n'y arrive pas. Il crie de plus belle.

– Tu me lâches sale fils de pute !

Mais le langage non plus n'est pas suffisant. Marvin reste très calme. Il accentue le poids sur Joris, qui commence à manquer d'air. Il conserve la position quelques secondes, jusqu'à ce que la panique ait totalement submergé l'enfant. Les cris étouffés par le matelas. Marvin se penche et dit tout bas :

– Tu vas arrêter ton cinéma…

Il laisse l'enfant reprendre une bouffée d'air, puis lui remet aussitôt le visage dans le matelas. Les mots chuchotés se distinguent à peine des gémissements de l'enfant :

– Arrête ton cinéma.

Aux cris de Joris, Alain s'est décidé à monter. Il arrive à cet instant. Marvin reprend immédiatement sa voix ordinaire, ferme et bienveillante, et relâche la contrainte. Joris s'assoit en pleurant.

– Tu m'écoutes maintenant ?

L'enfant reprend son souffle, assis sur le lit. Rouge, chaud, des petites gouttes de bave blanche sur le menton et les joues. Marvin le tient par les épaules.

– Est-ce que t'es prêt à m'écouter ?

– Non ! Tu me lâches ! Mais tu me lâches !

Marvin sent que les forces de Joris déclinent. Il n'y a plus d'élans de violence ni de fuite. Alain retourne attendre dans le salon.

– Je te lâche mais tu arrêtes de crier. Et tu restes assis.

– Lâche-moi.

Joris est assis sur le lit. Marvin a quitté sa zone immédiate mais il reste à portée, encore menaçant.

– J'irai pas.

– C'est pas à moi de te dire d'y aller ou pas. Tout ce que je veux c'est que tu parles gentiment et que tu te mettes pas à crier ou à courir dans tous les sens quand t'es pas content. Je ne veux pas que tu fasses ça. Et ta maman ne veut pas non plus. C'est pas comme ça qu'on fait. Sinon ça va être l'enfer ici.

– Chris c'est comme ça qu'il fait.

– Et tu trouves ça bien ? Sincèrement, tu trouves ça bien ?

– Non.

– Alors faut pas le faire. Et tu sais bien que Chris on ne le laisse pas faire. C'est un peu dur des fois, mais tu vois bien qu'il est en train de changer. Tu vois ça ?

– Mmh.

– Je ramasse ta couette, on refait ton lit correctement et on descend tous les deux.

Joris est dans la voiture, le moteur tourne. Marvin lui fait un signe d'encouragement. Alain est debout contre la portière conducteur.

– Je vous ai vu, tout à l'heure, en haut. Après le rendez-vous, je tiens à ce que nous nous parlions, vous et moi.

– Si vous voulez.

– Je le veux, oui.

Mise au point

Il fait sombre. Les deux hommes font quelques pas. Alain a refusé le verre qu'on lui proposait. Il veut seulement parler, dehors ce sera très bien. Ils sont à un mètre l'un de l'autre, à mi-chemin de la route et de la maison.

– Je ne suis pas certain de ce que j'ai vu tout à l'heure.

– Vous avez vu quoi ?

– Quelqu'un sur un gosse, en train de lui faire mal.

– Ce que vous auriez dû voir, c'est un adulte qui gère un enfant en crise.

– Je ne pense pas que passer par le physique soit une solution.

– Vous les voyez combien de temps Joris et Chris ? Deux heures, trois ?

– Oui.

– Moi je vis avec. Évidemment que la parole est prioritaire, mais il y a des fois où on ne peut pas faire autrement. Le nier n'aide personne. Vous l'avez vu quand il me donnait des coups de poing, trente secondes avant ?

– Non.

– Vous n'avez que la moitié de l'histoire. Je me protégeais et je le protégeais de lui-même.

Alain aspire une longue bouffée de soir frais.

– On est tous travaillés par la violence.

– Vous n'êtes pas mon psy, Alain. Et je vous répète que c'était pour nous protéger tous les deux.

– Je ne suis pas votre psy, mais vous, vous êtes leur beau-père. Vous vous devez d'être vigilant ! On a tous des mauvaises pulsions. C'est un devoir d'adulte de se regarder en face.

– Et vous, vous regardez en face votre envie de sauver des enfants qui ne sont pas les vôtres ?

– Écoutez-moi bien, je ne suis pas certain que vous lui ayez fait mal par plaisir ou par vengeance. Je ne suis même pas certain que vous lui ayez fait mal. Si je l'étais, ce n'est pas à vous que je parlerais, c'est aux gendarmes. Mais j'en ai vu suffisamment pour me méfier. Sachez juste qu'à l'avenir je serai vigilant.

– J'admire ce que vous faites, et les enfants ont de la chance que vous les aidiez. Mais nous n'avons pas la même place, ni le même rôle.

Les doutes d'une grand-mère

Sept heures du matin. Trois heures de mise en condition. Une fois retirées ses boules Quies, sans lesquelles ses propres ronflements la réveillent, elle descend l'escalier avec précautions, prend son petit déjeuner, se rend aux toilettes du bas, se lave et s'habille. Des habits confortables et les baskets pour faire le ménage. La panoplie se complète d'un maquillage discret, rouge à lèvres rose, un peu de fond de teint, le tout ponctué d'un voile de laque pour faire tenir les cheveux qui lui restent, courts et gris. Trois bières dans le frigo. Une pour elle, deux pour lui. Il lui reste une heure. Elle s'accorde un repos de vingt minutes dans un fauteuil. Les craintes de Joris la questionnent. Cette affaire de chasse d'eau est une bonne occasion d'observer Marvin en détails.

Il arrive à l'heure dite, en tenue de travail, armé de deux caisses de matériel et d'une frontale.

– Je suis désolée que vous preniez du temps pour moi, dit Mamie-zette.

– Je suis entre deux chantiers, ne vous inquiétez pas. Je m'y mets ?

– Je vous en prie.

Marvin se rend à l'étage. La semaine dernière, avec Joris dans les pattes, il n'a pas tout à fait mémorisé les lieux. Deux pièces fermées, une salle de bains, les toilettes.

Pas de trappe menant à un éventuel grenier. Mamie-zette monte doucement, elle hisse un objet métallique qui cogne à chaque marche. Sisyphe et son rocher.

– Vous voulez un coup de main ? propose Marvin.

– Le docteur me dit qu'il faut que je fasse toute seule.

Parvenue sur le palier, elle ouvre un antique pliant multicolore, sans dossier. Elle s'installe à moins de deux mètres de Marvin, qui a entamé le démontage de la chasse d'eau.

– Ça vous dérange pas si je vous regarde travailler ?

– C'est comme vous voulez.

– J'ai toujours aimé regarder les gens travailler. C'est beau, vous ne trouvez pas ?

Marvin extirpe le mécanisme. Mamie-zette poursuit :

– Surtout les mains. Les mains des gens, ça m'a toujours intéressée… Vous faites quoi, là ?

– Votre chasse d'eau est pleine de tartre, c'est pour ça qu'elle se remplit mal. Je vais remplacer le robinet flotteur.

Marvin lui amène l'objet de plastique blanc, humide et couvert de calcaire, comme une offrande. Une inspection minutieuse fait dire à Mamie-zette qu'il suffirait sans doute de le mettre à bouillir dans du vinaigre, pas besoin de tout changer.

– C'est quand même plus sûr, répond Marvin.

Mamie-zette lui rend la carcasse de chasse d'eau en grommelant. Le changement effectué, Marvin dit qu'il faut changer aussi le robinet d'arrivée d'eau. En le fermant tout à l'heure, il a senti qu'il était sur le point de céder. Trop vieux. Un jour ou l'autre ça lâchera. Autant anticiper.

– Pouvez-vous m'indiquer l'alimentation générale ?

– C'est tout en bas…

– Dites-moi et j'y vais.

– Non, non. Je tiens à vous accompagner. Pour une fois que je peux faire de l'exercice. Aidez-moi donc.

La main qu'elle tend ne souffre pas de contestation. Marvin attrape cette main et la tire en arrière.

L'un derrière l'autre, ils descendent l'escalier. Dans un placard, à l'entrée, ils trouvent l'arrivée d'eau.

– D'habitude, elle est plutôt dans la cave.

– Encore faut-il qu'il y en ait une, répond Mamie-zette.

– Comment vous faites pour le vin ?

– Oh, je ne bois plus guère.

L'ascension de l'escalier recommence. D'abord derrière la vieille femme, Marvin double par la droite et termine à son rythme, avant de faire volte-face.

– Le téflon est resté dans le camion, je vais chercher ça.

– Je viens avec vous.

– Je vais y arriver tout seul.

D'en bas, il aperçoit Mamie-zette qui a repris sa place sur le pliant. Il est dans un angle mort. Au lieu de prendre la porte d'entrée, il se rend dans la cuisine et sort dans le jardin. La porte ne ferme plus. Deux jardins mitoyens. De l'autre côté, un poteau dépasse de la rue. Il se dépêche de prendre du téflon dans son camion et remonte en petites foulées.

– Que faisiez-vous dans le jardin ?

– J'ai eu un doute à cause du gel. J'ai été vérifier vos robinets extérieurs, voir s'il fallait les changer aussi. J'ai beaucoup de clients à qui c'est arrivé cette année. Mais vous c'est bon.

– Je m'en réjouis, dit Mamie-zette d'un air pincé.

Les réparations se poursuivent, Mamie-zette ne quitte pas son pliant.

L'ouvrage terminé, tous deux admirent la rapidité avec laquelle le réservoir se remplit. Et quasiment pas de bruit.

– Je vais l'inaugurer, si vous n'y voyez pas d'inconvénient, dit Mamie-zette.

– Au contraire, c'est fait pour ça !

En attendant, Marvin parcourt du regard les pièces du haut. La salle de bains, la chambre de Mamie-zette – celle du père est donc en bas –, un bureau. Dans la chambre de Mamie-zette, il avise les boules Quies sur la table de chevet. Il reprend son rangement. Le camion est chargé quand la grand-mère sort des toilettes. Marvin a eu la délicatesse de redescendre son pliant.

– Vous avez le temps de boire une bière ?

– Pourquoi pas.

– Je vais me laisser tenter aussi. Un petit plaisir de temps en temps, n'est-ce pas ?

– Tout à fait.

Un bol avec des cacahuètes au milieu de la table, Marvin et Mamie-zette sirotent leur bière, deux animaux à sang froid de part et d'autre d'une mare. Mamie-zette amène la conversation au point qu'elle s'était fixé. Elle demande :

– Ça va avec les garçons ?

– On s'apprivoise.

– Pas évident tout ça… Vous savez qui est leur père, je présume ?

– Je sais que c'est pas moi, ne vous inquiétez pas. Je n'ai rien contre votre fils. Il y a de la place pour tout le monde, si on fait preuve d'intelligence.

– Dieu vous entende… Vous voulez une autre bière ?

– Non merci, Mamie-zette. Il va falloir que j'y aille.

Cet homme est bon comme le pain, songe-t-elle.

Des trésors

Un parquet a été monté au milieu du champ : un spectacle de danses traditionnelles est prévu pour la fin d'après-midi.

Marvin et Tiffanie arpentent le vide-grenier.

Le temps alterne entre des éclaircies et des coups de vent pluvieux.

Un maréchal-ferrant fait une démonstration. Un trentenaire au teint cuivré, barbe courte, espiègle, très fier de son habileté, qui commente tous ses gestes. Il augmente le feu de sa forge à gaz, met le fer à rougir, en profite pour faire un point technique :

– Il faut savoir, m'sieurs dames que…

La harangue, le danger du métal brûlant, le feulement de la forge et la violence des coups de marteaux… Tiffanie est passionnée.

Le baiser que Marvin pose sur sa nuque la fait sursauter.

Il se colle à elle et la prend dans ses bras. Elle s'abandonne. Il lui embrasse le cou. Contre ses mains, le ventre de Tiffanie.

– Ça t'impressionne.

– Hmm.

– C'est parce qu'il est beau.

– Abruti.

– On continue ?

Elle remue contre lui, il l'embrasse plus voluptueusement. Le désir monte très vite, chez les deux.

Ils se détachent.

– Si tu veux.

Un animateur muni d'un micro fait le tour du site.

– Plus de quarante exposants cette année pour le vide-grenier, qui est, faut-il le rappeler ? un moment fort pour notre belle commune ! Je commence donc mon tour. J'ai ici un stand tenu par vous, madame… Donc un stand composé de ?

– Il y a des livres, des outils, des accessoires pour la cuisine. On a des vêtements aussi.

– Très bien. Un bien bel ensemble de choses, en somme, que je vous invite à venir découvrir.

Tiffanie porte un short court, un chemisier. La plupart des hommes qu'elle croise la regardent de haut en bas. Marvin aime la jalousie qu'il ressent à chaque regard appuyé, et le sentiment de possession qui suit. C'est la mienne.

Il avise un jeu de console pour Joris et des appâts pour Chris. Quelques plaisanteries avec le vendeur, pour commencer, après quoi il s'en va, revient pour demander le prix, fait mine de repartir pour de bon…

Les deux amoureux se paient une gaufre chocolat chantilly.

Ils se restaurent, se câlinent et repartent pour un dernier tour.

Marvin pense aux petits gestes, aux surnoms, à tous les codes qui n'appartiennent et n'ont de sens que pour eux. En moins d'un an de relation.

C'est un beau trésor qu'ils se sont construit là.

Un beau trésor dont il se délecte, comme un enfant fait rouler des billes dans sa main.

Quatrième partie

Liquidation

Premier stage

Deux mètres sur deux : la base d'un abri de jardin.

– De quoi se faire la main, a dit l'encadrant.

C'est la fin de matinée. Il y a le père, un autre apprenti, plus jeune, et l'encadrant : cinquante ans, épais, les bras et les mains racontent une force ancienne, qui devait être impressionnante mais qui retombe en graisse.

Le père connaît le travail. L'encadrant lui laisse faire l'essentiel. Il intervient de temps en temps, quand il faut être trois, sinon il fume, assis sur le tas de graviers.

Le plus jeune apporte un sac de ciment. Il donne un coup de cutter, écarte les parois du sac, déchire ce qui tient encore. La pelle rentre sèchement. Le ciment compacté résiste. Le père met le pied sur la pelle, se place contre le manche, le point d'appui sur le haut de la cuisse. Un coup de reins ; il sort du sac une belle quantité de ciment, en dépose quatre de même taille dans le bac, ajoute un seau de graviers.

L'autre amène le tuyau d'arrosage. L'eau rentre dans le ciment, y fait des saignées, dénude les cailloux les plus gros puis recouvre le tout d'un liquide où surnage une pellicule de chaux.

Le père plonge la pelle dans le mélange, rencontre le fond, racle le plastique sur toute la longueur, ressort un paquet de poudre sèche qui éclate hors de l'eau. La pelle pivote, entraîne la poudre avec elle, disparaît.

Quand la substance est presque homogène, il se met à l'aplomb du bac, descend les mains sur le manche et achève le mélange à grandes brassées.

Le ciment monte et reflue, déborde un peu, laissant tomber par terre de petits paquets qui se rétractent aussitôt.

Toute cette matière obéit aux gestes du père. Il en prévoit les embardées, trouve les poches de béton sec, tranche, soulève, rattrape, rassemble, agile et précis.

Le père pose la pelle.

Il expire à fond.

De grosses gouttes coulent d'un seul coup sur son visage et sur son front.

– Mets de la flotte.

Le plus jeune arrose l'espace destiné à recevoir le béton. Le père évalue ce qu'il vient de faire, la hauteur de la dalle, la quantité de graviers, la fermeté du mélange.

En moins de deux heures, le coffrage est rempli de béton réparti grossièrement.

Il est midi passé.

Le soleil a tout envahi.

– Tu peux me donner la règle ? Tu gardes l'autre bout posé sur la planche et tu la fais bouger en même temps que moi.

Ils font avancer la règle en lui imprimant un mouvement d'allées et venues, comme des coups de rabot. Un rouleau de béton grossit devant la règle et tombe sur les côtés, par morceaux. Quelques graviers se prennent sous la règle. Le père comble les trous à la truelle.

Il ne cesse de mordiller sa lèvre inférieure. Ses dents rebondissent sur la muqueuse et reviennent inlassablement la prendre en tenailles… Il joue avec la douleur : morsure aiguë, maîtrisée, légère mais entêtante. Ce tic contraste avec le haut du visage, durci par la concentration.

Lorsque la dalle est égalisée, il allume une cigarette. L'encadrant ne bouge pas du tas de cailloux. Le plus jeune s'est reculé.

La première taffe est délectable.

Debout, le spectacle de la dalle pleine et plate sous les yeux, le bonheur du père est grand. Une deuxième taffe. Le regard se précise, il suit des yeux le coffrage, cherche les imperfections, en trouve de petites. Il reprend le fond de béton encore frais qu'il y a dans le bac, en prend de petites noix du bout de sa truelle, les projette sur les trous, étale, racle par touches, harmonise jusqu'à ce qu'il soit sûr qu'on ne puisse plus distinguer les raccords du reste de la chape.

Le père est de plus en plus souple, le corps sait ce qu'il faut faire. Dans le travail, il est quelque part.

La chaleur lui tombe sur la nuque, il ne la sent pas. C'est comme s'il dansait.

Et puis il se souvient. Qu'il y a du monde autour. Il se souvient de son prénom, du reste. Des bijoux que son ex-femme a dissimulés pour lui. Tu le fais et je ne te demanderai plus jamais rien. De ses fils qu'il apprivoise piteusement. La danse est terminée.

Derniers hommages

Marvin a décidé qu'il passerait une bonne soirée, le sale temps n'y changera rien.

Il arrive en milieu d'après-midi. Tiffanie travaille, Joris est à l'école. Chris, viré pour une semaine, joue à la console dans le salon.

– Mets pause deux secondes.

– Quoi ?

– T'as un truc ce soir ?

– Je vais chez Douk.

– Pour le match ?

– Je sais pas.

– Tu regardes le match avec nous et je t'emmène après ?

– Si tu veux.

– Tu viens avec moi ? On va acheter de quoi faire un apéro. Des trucs qui feront plaisir à ta mère. Tu vas m'aider.

L'adolescent met un soin méticuleux à faire des carrés de pâte feuilletée, y mettre une pointe de crème fraîche, une rondelle de saucisse, du gruyère, les déposer sur la plaque du four.

Joris passe la porte en trombe, Tiffanie derrière lui, encore empêtrée dans la pluie qui lui brouille le visage. Il entre dans la cuisine en s'écriant :

– Vous faites quoi ?

Chris se met devant lui comme un garde suisse.

– Rien.

– Je peux vous aider.

– Non !

– Allez…

– Barre-toi !

Joris est devant la barrière massive de son frère, et avance la tête à droite, à gauche, rongeur cherchant un passage, essayant de voir ce qu'il y avait de si précieux dans la cuisine pour qu'on lui en interdise l'accès.

Marvin se rince les mains, les essuie en vitesse, en pose une sur l'épaule de Chris. Une pression légère, subliminale, vers l'arrière, pour ouvrir et casser le face à face. Il parle à Chris d'abord. Ne pas oublier de respecter les hiérarchies familiales, première précaution pour désamorcer les rivalités sans trop d'efforts : donner le pouvoir à qui de droit.

– Je vais m'occuper de lui. Toi tu peux t'y remettre. Tu fais du bon boulot, c'est sûr que c'est pas le moment qu'on vienne t'embêter.

– Fais chier.

– Laisse-moi m'en occuper. Toi tu continues ton truc. Et pour Joris, s'il y a un problème je le dégage. T'entends Joris ? Si tu t'excites dans tous les sens, je te sors de la cuisine.

Marvin vérifie régulièrement que Chris, par excès d'exigence, n'en arrive pas au point de surchauffe, saccage son travail et parte furieux. Jusqu'à présent ça tient.

Il fait la vaisselle, remet les ingrédients au frigo, tâte les bouteilles pour évaluer leur fraîcheur, donne de nouvelles tâches à Chris quand il en a fini une, et s'occupe de Joris. Il réussit à maintenir une ambiance studieuse pendant une bonne demi-heure, invente des recettes, blague, flatte, exige, rassure… occupe tout l'espace pour que les frères n'entrent pas en collision. Ça fonctionne. Marvin est exalté, heureux comme un sportif en réussite.

Ce bel équilibre commence juste à vaciller.

Ça ne peut pas durer des heures, de toute façon. Rien d'anormal.

Chris est au bord de la colère. Joris ne fait plus attention à ce qu'il fait. Une maladresse et son grand frère lui tomberait dessus. La soirée serait compromise avant d'avoir eu lieu.

– Joris, tu vas prendre les commandes. Va demander à ta mère ce qu'elle veut boire. On va pouvoir installer l'apéro.

Quand Joris lui demande ce qu'elle veut, Tiffanie rit comme une enfant.

– Qu'est-ce que tu me proposes ?

Joris repart à toute vitesse.

– Maman veut savoir ce qu'il y a.

– Dis-lui qu'on a un cocktail spécial pour ce soir.

Tiffanie crie :

– Un cocktail, alors.

– Va dire à ta mère de rester assise, s'il te plaît.

Il pleut à verse. Par ce temps, la maison est une hutte chaude et rassurante, d'une lumière resserrée comme sur les photos d'anniversaire. Tiffanie est au centre du canapé, Joris a pris place à ses côtés.

L'adolescent arrive avec le plateau, le visage grave sous les compliments de sa mère, on pourrait croire qu'il s'avance pour recevoir une décoration. Il pose le plat et s'apprête à s'asseoir dans le fauteuil. Marvin l'arrête :

– Va avec ta mère. Qu'elle soit entre ses deux fils.

– On s'en fout.

– Moi je m'en fous pas, dit Tiffanie. Allez, fais-moi plaisir. Vous m'avez fait un si bel apéro…

Tiffanie est entre ses deux fils. Elle lève son verre, regarde Chris, puis Joris, puis Marvin.

– À la santé de mes trois hommes !

Durant la première mi-temps, Marvin et Chris se charrient à tout propos. Tiffanie sourit sans arrêt. Joris joue sur le tapis.

Marvin est chez lui.

À la pause, il annonce qu'il va fumer, Chris le suit. Tiffanie dit qu'elle a reçu un message d'Alain, qu'elle doit le rappeler, qu'elle les rejoint.

Cinq minutes avant la deuxième mi-temps, ils rentrent.

Tiffanie se blottit dans le canapé, contre Marvin, les jambes repliées sous les fesses.

Cet assemblage de sa mère et de Marvin gêne Chris. Marvin l'a senti. Avant de s'abandonner au plaisir du contact, il se tourne du côté de l'adolescent.

– T'irais me chercher une bière avant que ça commence ?

Une échappatoire s'offre à lui et Chris a bien compris qu'une étreinte était inévitable à ce moment-là de la soirée. Autant ne pas voir ça.

– Fais chier.

– Merci.

Marvin et Tiffanie s'embrassent. Joris reprend ses jouets compulsivement.

Tiffanie recule ses lèvres juste assez pour conserver le souffle de Marvin sur les siennes, elle chuchote :

– C'est une très belle soirée… Merci.

Elle est attirante comme ça. Le merci susurré, tiède, et les yeux luisants.

Il l'embrasse une nouvelle fois. Cueillir cette haleine de femme, de sucre et d'alcool.

Chris revient avec la bière. Tiffanie retire ses pieds du canapé, se remet les cheveux, mange une cacahuète.

Le match reprend et s'enlise assez vite. L'atmosphère est plus paisible. Les occasions de but sont rares. Tiffanie attend qu'il y ait un six mètres pour dire :

– Alain m'a dit que votre père avait un week-end de permission dans trois semaines.

Un glapissement échappe à Marvin, qu'il camoufle par une quinte de toux.

– Il sera dehors tout le week-end ? demande Joris.

– Il voudrait vous voir. Toi il pensait te voir le samedi, du matin jusqu'en fin d'après-midi et toi, Chris, tout le dimanche.

– Et le vendredi ?

– Il sera avec Mamie-zette, juste tous les deux.

– Pourquoi pas avec nous ?

– Il a besoin d'un temps seul avec sa maman, comme vous vous avez besoin d'un temps avec lui.

– Et on fera quoi ?

– Ça j'en sais rien. Vous verrez.

– Alors, Chris, ça te va ?

– Ouais.

– Et toi Joris, tu veux bien ?

– Hmm.

Au dernier coup de sifflet, Marvin attrape sa veste et ses clés.

– Tu veux que je te dépose où ?

– Chez Douk.

– C'est par où ?

– Tu te souviens pas ?

– Non.

Marvin est déjà dehors. Il attend pour ouvrir la voiture. Sur le seuil, Joris rattrape son frère et lui encercle la jambe. Chris s'apprête à le repousser violemment, en lui disant de le lâcher, qu'il se croit son pote ou quoi, mais dans le geste de l'enfant quelque chose d'inédit suspend son mouvement : son frère a peur pour lui. Pas de lui.

– Je veux que tu restes avec nous, dit Joris.

– Douk m'attend, mec, répond l'ado, et il l'embrasse dans les cheveux avant de s'en éloigner.

Joris reste au sol, assis, étonné. Les deux autres sont partis.

Marvin dépose Chris chez son ami, repart vers la maison. Les essuie-glaces écartent des trombes d'eau.

Tiffanie a couché Joris. Elle somnole sur le canapé. Au bruit de la porte elle lève un visage incertain.

– Ça va ma belle ?

– Ç'a été avec Chris ?

– Sans problème. Il reste à boire ?

– J'ai tout mis au frais.

– Je me fais un verre et une clope, tu me suis ?

– Je vais plutôt aller me coucher.

Il va la trouver, s'agenouille, pose les mains sur ses jambes et masse doucement. Elle aime. Il pourrait aller plus loin mais il veut autre chose que faire l'amour sur le canapé.

– On va s'en fumer une ?

– On est bien là…

Il fait une caresse plus longue, plus appuyée et finit par une petite tape sur la cuisse.

– Allez !

Elle soupire, se passe une main sur la bouche pour évacuer un bâillement.

– Ok.

Au sec, sous l'auvent, le froid la gagne. Tiffanie jette sa cigarette rapidement pour se libérer les mains. Elle attrape les pans de son gilet et s'enroule dedans, frissonne. De la pluie tombe sur son front et ses joues. Une petite chose. Marvin l'embrasse dans le cou, la nuque, la flaire. Il voudrait emporter l'odeur de la peau, du sang, de la femme avec lui. Il murmure :

– Colle-toi à moi…

Mais elle n'est plus une petite chose. Elle veut s'amuser à présent.

– Je ne suis pas comme ça, monsieur !

L'émotion qui emplit Marvin de la voir joueuse le dépasse. Il se précipite sur elle instinctivement, en disant Je t'aime, je t'aime, sourdement, comme on parle au milieu d'un cauchemar, et l'assaille de baisers.

Elle a un mouvement de recul mais il tient bon.

– T'es trempé ! se plaint-elle.

Marvin l'embrasse longuement, en adolescent affamé. Il sent qu'elle se laisse convaincre. Le poids entre ses bras est plus lourd, plus lent, et des allers-retours infimes, déjà, dans l'équilibre du corps qu'il tient contre lui. Il met ses mains sur la peau de Tiffanie, dans son dos, sur les épaules, le haut des fesses. Il poursuit jusqu'à ce qu'il obtienne la détonation, la grande vague qui part du sexe, remonte et redescend dans les jambes.

Tiffanie cherche à rentrer : le réflexe du lit. Il résiste, l'embrasse encore, pour éviter les justifications, garder l'électricité.

– Viens.

Il l'entraîne vers le fond du jardin. Le noir est complet. Ils ne voient pas la maison. Marvin se met torse nu. Il tient Tiffanie le plus possible contre lui pour qu'elle n'ait pas froid et qu'elle renonce finalement. Mais elle ne fera plus machine arrière. Il la déshabille entièrement, la parcourt, l'embrasse.

Marvin prend tout: le ciel, l'eau, l'herbe et la boue dans lesquelles ils se couchent, la femme et le lieu.

Rivalité

La voiture garée en dehors du terrain, Marvin parvient à une maison sans étage, au bout d'un chemin. C'est la dépendance d'une propriété plus vaste. Le grand-père de Ludo habite la grande bâtisse, plus loin, au centre d'un bosquet de pins. Il s'est constitué une petite fortune, en ouvrant une pépinière dans les années 50, rachetée au prix fort trente ans plus tard, par un grand groupe. Le grand-père vit seul. Deux générations ont suffi à tarir l'argent. La troisième génération ne peut plus rien obtenir au-delà du nécessaire. Ludo vit là. Son grand-père lui fait ses courses, qu'il dépose à sa porte toutes les semaines. Il raréfie autant que possible les rencontres avec son petit-fils. Il ne ressent aucune affection pour lui et ne veut pas faire l'effort d'un échange verbal. Il est fatigué des relations familiales.

Marvin porte un maillot de corps, un tee-shirt à manches longues qui lui monte à ras du cou, un manteau imperméable à poches nombreuses. Il s'est coupé les cheveux très courts et a enfilé un bonnet docker noir. Il a mis ses rangers, les a cirées. Son jean passé par-dessus, on peut croire qu'il s'agit de chaussures de ville. Il ne veut pas avoir l'air d'un militaire en civil. Rien ne doit être interprétable comme un signe de puissance. Dans un sac à dos, une paire de gants, deux bouteilles de whisky, de l'herbe. Le sac peut se perdre, il n'y a rien qui le relie à son propriétaire. Marvin a commencé sa soirée en compagnie d'un client, dans un bar.

Tiffanie ne sait pas qu'il va chez Ludo. Elle n'aimerait pas ça.

Collé à la maison, un garage abrite une Clio verte. La porte, ouverte aux trois quarts, coulisse sur le côté. Dans le fond du garage, Marvin en discerne une autre, fermée, qui doit mener directement à l'intérieur. Il laisse le garage, se rend à l'entrée principale. Une lampe automatique s'allume à son approche. Il installe sa respiration dans le bas du ventre, frappe.

– C'est qui ? hurle Ludo.

– Marvin.

– Tu veux quoi ?

Marvin considère que c'est une invitation. Il arrive dans une pièce assez grande. Un clic-clac, des fauteuils défoncés, une table basse, une télé. C'est tout ce qu'il y a. Une petite cuisine intégrée au salon, avec deux plaques électriques, un évier surmonté d'un placard, un frigo. Il constate que la porte du garage aboutit à la cuisine.

Sur la table basse, des paquets de cigarettes et des verres sales. Ludo regarde la télé, un morceau de pizza à la main. Le canapé et la table basse sont posés sur un tapis piqueté de trous.

– Salut.

– Qu'est-ce que tu fous là ?

– Je reste pas longtemps.

Ludo ne montre aucune intention de lui serrer la main. Il s'assoit dans un fauteuil et sort ses bouteilles.

– T'es tout seul ce soir.
– Tu vois.
– Petite soirée tranquille… Tu bois un truc ? T'as un verre ?
– Mmh.
– Je peux t'en piquer un ? Je trouve ça où ?
– T'en prends un, tu le laves.
L'évier déborde de vaisselle sale. Marvin extirpe un verre de l'eau grasse et le rince en évitant de faire tomber le reste.
– T'es venu pour quoi ?
– Je voulais qu'on parle.
– De quoi ?
– Whisky ?
– T'as rien à fumer ?
– Si. Whisky ?
– Vas-y.
Marvin boit une petite gorgée. Il sort sa pochette de shit. Ludo regarde la télé en mangeant le reste de sa pizza. Marvin allume le joint et le passe à Ludo.
– Je veux voir avec toi. Pour Chris.
– Mmh.
– Il a passé le début de soirée avec toi pendant sa fugue.
Ludo aspire une taffe. Prend le temps de bien l'avaler et de l'expirer doucement. Il crachote par terre un morceau de tabac coincé entre ses dents.
– Peut-être. Qu'est-ce que j'en sais ?
– Lui, il s'en souvient. C'est même le seul truc. Après, il s'est réveillé en train de gerber chez un mec qu'il ne connaît pas.
– Petit con…
– Du coup il est privé de sortie et on ne veut plus qu'il voie des gens plus âgés que lui. Pas sans nous en tout cas.

Ludo affiche un sourire satisfait.

– Je suis dangereux ?

– Je sais pas. T'en penses quoi ?

Marvin répond sourire pour sourire. Dangereux est un mot qui lui plaît, partons de là.

– C'est possible.

– Alors tu comprends qu'il faut laisser Chris avec les gens de son âge.

– Pourquoi c'est pas Tiffanie qui vient me le dire ?

– Elle est avec les enfants.

– Dommage… On a commencé un truc tous les deux, il y a longtemps, j'aurais bien aimé terminer.

– Dommage, oui.

Comme lors de leur première rencontre, le flegme de Marvin agace Ludo. Il se ressert un verre de whisky à la bouteille de Marvin comme si c'était la sienne.

– Et tu crois que je vais t'obéir ?

– Je veux pas que tu m'obéisses. C'est à Chris d'obéir à sa mère. Je suis juste venu te prévenir. Que tu ne sois pas surpris si Chris te rappelle pas. C'est pas de sa faute.

– C'est de la tienne alors.

– Un peu.

Le visage de Ludo change. Les joues se creusent, les yeux ont des retranchements noirs.

– Et t'as pensé que ce serait une bonne idée de venir me péter les couilles ce soir.

– Non.

– Alors le mieux ce serait que tu fermes ta gueule.

– Je peux m'en aller si tu veux.

Ludo a un mouvement de la tête aux pieds, une espèce de frisson, la conscience comme un disque qui saute.

– C'est vos emmerdes. Je m'en fous de Chris.

– Ok… Je suis pas venu pour me prendre la tête.

– C'est chez moi ici, fils de pute.

Marvin ne se trouble pas. Fils de pute est un test, évidemment. Un coup d'allumette. Il est debout avant que Ludo ait compris qu'il se levait. Souple et sans à-coup, du Tai Chi. Simuler le départ pour mieux rester. Ludo a tellement envie qu'il se passe quelque chose, maintenant qu'il a bu et fumé, qu'il ne le laissera pas partir.

– J'y vais du coup.

– Non !

– Comme tu veux.

Ludo aime qu'il se soit rassis sur un simple mot.

– Tu peux rester. Tant que t'as de la beuh et que tu fermes ta gueule.

Marvin n'en a pas terminé. Il s'insère patiemment dans la soirée.

Les deux hommes regardent la télé en fumant et en descendant la bouteille. Ils commentent une émission de téléréalité avec des gens qui veulent faire un régime. On les voit, avant d'entamer le régime, se précipiter dans une pièce remplie de nourriture et s'empiffrer. Dans le plan d'après, ils se tiennent le ventre en se trouvant minables.

Ludo profite du whisky et de l'herbe. Il abuse de ce que Marvin a apporté, pour bien montrer qu'il est chez lui. Il se casse la tête, boit vite, fume beaucoup, parle de plus en plus fort, rigole, insulte la télé, Marvin. Marvin le laisse faire. Il se sert de petits verres. La bouteille est aux deux tiers vide. Selon ce que Marvin a compté, ils en sont au sixième joint, lui n'en prélève à chaque fois qu'une ou deux lattes. Là aussi, il laisse à Ludo la part du lion. *Awimbawé.*

Il demande si Kevin va passer ce soir, mais Ludo dit qu'ils ne se voient plus. Kevin a une nouvelle copine. Elle le fait aller où elle veut comme un chien. Il ne sort plus. Il peut aller se faire mettre.

La bouteille est vide. Marvin a dû en boire 10 cl. 60 sont dans le corps de Ludo. Il encaisse, l'animal.

– Et le père de Chris, t'as encore des contacts ?
– Non.
– Pourquoi il s'est fait choper ?
– Il a eu la trouille.
– Plus de 700 000 balles, disparues comme ça…

Ils se regardent dans les yeux. Le regard de Ludo voudrait tenir mais part sur le côté. Il doit le replacer comme un bébé stabilise sa trop lourde tête, signe que l'ivresse est solidement ancrée. Allons-y. Marvin roule un nouveau joint, particulièrement chargé. Il l'allume doucement. Ludo n'est pas loin de s'endormir. Il se ranime lorsque le joint lui est tendu. Marvin demande :

– Tout le monde dit que les bijoux sont perdus.
– Tout le monde est con.
– Et toi, tu connais la vérité ?

Ludo a un petit rire méprisant.

– Tu te prends pour son mec mais tu la connais pas.
– Toi tu la connais ?
– Oh oui…
– Tiffanie ne sait pas où sont les bijoux.
– Ah bon.
– Elle te l'a pas dit. Je te crois pas.
– Va baiser ta mère.
– Pourquoi elle te l'aurait dit à toi ?
– Elle ne voulait pas qu'on baise. Elle m'a dit que son mari était en prison, que ça se faisait pas.
– Et tu lui as parlé des bijoux.
– Je l'ai traitée de chienne à fric, que c'était à cause d'elle qu'il avait braqué une bijouterie.
– Elle t'a pas demandé de partir ?

– Si, mais je voulais l'emmerder. Je lui ai dit qu'elle savait où était les bijoux. Et elle a eu son petit air que je connais bien. Son air de petite menteuse.

– C'est tout ?

– Je l'ai fait chier jusqu'à ce qu'elle avoue.

– Tu les as pas récupérés ?

– Elle m'a juste dit qu'ils sont pas à la flotte. Je sais pas où ils sont.

– Tu vas faire quoi ?

– J'attends qu'il mette un pied dehors et je prends ma part.

Ludo se lève, trébuche, se rattrape au mur, sort un fusil du placard.

– Avec ça !

C'est un fusil de chasse, à deux coups. Marvin est assis sur le canapé, Ludo lui met le canon sur le front.

– Tu me dirais, toi, où sont les bijoux ! Hein ma salope !

Ludo fait mine de presser la gâchette.

– Pan !

Pas un mouvement de recul chez Marvin. De la pêche au vif. D'un ton jovial, comme si Ludo venait de lui faire une bonne blague, il dit :

– À ta richesse !

Il prend la deuxième bouteille, sert Ludo, qui pose son arme pour boire. Arrivés à la moitié, Ludo ne parvient plus à articuler trois mots successifs. L'arme est toujours dans le périmètre. Marvin reste sur ses gardes. Vingt minutes plus tard, Ludo est endormi profondément. Trop risqué. Marvin enfile ses gants, un masque anti-poussière qu'il tire de son manteau, remet dans son sac les bouteilles vides, le sachet qui contenait l'herbe, réintègre son verre au tas de vaisselle de l'évier. Il transporte Ludo et l'installe, tête contre le volant, ferme la porte du garage, allume le moteur et sort par la cuisine. Ludo continue sa nuit dans les gaz d'échappement.

Marvin quitte la propriété, récupère son véhicule, s'en va.

Le lendemain, Tiffanie apprend par un message de Kevin que Ludo est mort asphyxié chez lui, dans sa voiture. Un accident ou un suicide. Tellement d'alcool et de THC dans le sang qu'on ne saura jamais. Elle répond que sa tristesse est grande, et passe une excellente journée.

À n'en plus finir

La porte du bus. Il avait oublié ce bruit.

Il a fallu réapprendre à lire le langage des rues, des gens, des voitures, de ceux dans les voitures qui le regardent, de ceux qui ne le regardent pas.

Il a marché les dix premières minutes en s'efforçant de tout décrypter, suspicieux, instinctif.

La peur d'être observé disparaît avec le bus qui s'ouvre devant lui.

Un ticket. L'argent. Récupérer la monnaie, la ranger, composter, garder le ticket dans une poche en cas de contrôle.

Il s'étonne de devoir faire autant d'efforts pour d'aussi petites choses.

Le père tangue entre les sièges et se laisse tomber sur l'un d'eux. Il n'y a pas beaucoup de monde. C'est rassurant. C'est tranquille. On est encore loin de la ville.

La poussière le long de la vitre change de couleur avec le soleil. Le paysage prend de la vitesse. Il laisse tomber sa tête sur le côté. Des étendues d'herbes en friche, des arbres, puis de grands potagers, puis des murs, des maisons de plus en plus proches, qui finissent par ne plus former qu'une seule bâtisse aux volumes variables, qui enfle et dégonfle infatigablement.

Dans le bus, il y a surtout de vieilles dames. Elles ont quitté leur maison pour faire des courses, aller chez le coiffeur ou le médecin.

La population rajeunit à l'approche de la ville. Le père prend garde à ne dévisager personne. Croiser un regard trop longtemps pourrait l'entraîner malgré lui. Il se méfie de sa fierté, de la violence qui va avec, des coups de sang.

Le paysage, pour qui ne l'a pas vu défiler depuis des années, est une jouissance suffisante.

Le bus traverse une zone commerciale. Des enfants montent en se chamaillant. Cinq et dix ans, estime le père que le bruit a détourné de sa rêverie. Une femme monte après eux, empêtrée dans des sacs de courses. Elle achète les tickets tant bien que mal. Le père l'observe distraitement. Elle fait asseoir ses deux garçons. Elle, reste debout, au milieu, les sacs entre les jambes.

Elle a un joli visage, le père l'a vu, classé dans un coin de sa pensée, mais il ne s'y attarde pas. C'est une mère de famille, proche de la quarantaine. Il tourne la tête, ramène son attention au spectacle de la ville où le bus a pénétré complètement. Des voitures, des éclats de soleil dans les pare-brise, du monde à l'ombre des terrasses, des devantures si blanches qu'elles piquent les yeux…

Au feu rouge, un homme, le bras passé par la fenêtre de sa voiture, s'arrête à hauteur du père, un mètre plus bas. On entend sa musique jusque dans le bus – roi piètre, content de lui-même et du bruit qu'il fait.

Le père envie cet homme, sa force, son luxe.

Plus loin dans la file, un enfant pleure. Les voitures arrivent sans cesse, à une vitesse étonnante, et s'arrêtent à quelques centimètres les unes des autres.

Est-ce que c'était pareil il y a quatre ans ?

Ils repartent. La mère de famille piétine pour conserver son équilibre. Les sacs contre ses jambes la gênent.

Elle porte une jupe longue, des sandales avec de fines lanières qui laissent les pieds presque nus.

De beaux pieds grecs, les doigts longs. Des pieds que les premiers soleils n'ont pas encore bronzés, pâles, la peau souple. Ils ont quelque chose d'enfantin, ces pieds.

Le père songe qu'il pourrait les caresser.

D'abord le haut, puis le dessous, la zone que l'on ne montre pas, qui chatouille, que l'on ne veut pas laisser toucher. En caresser du bout des doigts la courbure, revenir sur le dessus, appuyer avec la paume, envelopper le pied d'une caresse de plus en plus vaste, continuer sur la cheville, et remonter le long du mollet, passer la main à l'intérieur de la jambe, faire soupirer la femme que l'on explore ainsi…

Cette mère de famille est inévitable, maintenant.

Il essaie de ne plus la regarder, ronge ses ongles, se gratte la tête, se touche le visage cent fois, mais il y revient sans cesse. Elle est belle, qu'est-ce qu'elle est belle, putain !

C'est à peine supportable.

Il laisse passer un arrêt, un deuxième. Au troisième, n'y tenant plus, il sort.

Il est encore loin de sa destination, marcher lui fera du bien.

Mais, passé quelques minutes, le désir revient, plus incontrôlable encore.

Le soleil très haut, très chaud, fait sortir les femmes en jupes, les épaules nues, parfois le dos nu, et des décolletés, des tissus légers, aériens, des pieds, des débuts de fesses qui font deviner le reste, des fesses aux formes nettes, moulées par le vêtement, des fesses qui bougent, qui roulent les unes sur les autres, fascinantes ; des cuisses, des visages, des visages aux joues rondes, aux joues creuses, des nez fins, pointus, relevés, de grands yeux, des yeux en amandes, des yeux fermés, provocants, farouches, pudiques, fuyants, absents ou concentrés, des hanches et des seins à n'en plus finir ! Et l'appel du monde qui parle de plaisir et d'un appétit immense et écrasant… Comme si le désir était partout réciproque au sien.

Il sait, il a payé pour le savoir, qu'il n'y a rien qu'il puisse prendre aussi facilement, mais c'est si puissant !

Le père entre dans un bar, suffisamment grand et peuplé pour qu'on ne s'intéresse pas à lui.

Il sort vingt minutes plus tard, calmé, un peu triste, le sentiment que les années d'enfermement l'ont salement amoindri.

Hors du temps

Ils prennent une longue portion de route sablonneuse, puis un chemin de terre et d'herbes, avec des trous qui font ruer la voiture, et parviennent au bord d'un lac. Il n'y a personne.

– Elles ne savent pas ce que c'est qu'un pêcheur, ici ! Elles vont avoir la dalle.

Ils montent le campement, le matériel de pêche et préparent l'amorce.

Chris s'occupe des hameçons. Marvin est dans la tente, il range, déballe tout ce dont ils ont besoin pour passer la nuit. Il déplie les fauteuils de pêche au bord de l'eau. Trois fauteuils. La soirée est bien entamée.

– Je t'ai pas dit, Kevin va nous rejoindre vers minuit. Je l'ai vu hier soir. Il était motivé pour venir. Avec la mort de Ludo, il a besoin de se remonter le moral. Ça le fait ?

Chris hausse les épaules.

– Sinon je le rappelle.

– T'as pas perdu ton portable ?

– Je te prends le tien deux secondes et je lui demande de rappeler.

– Hmm.

– Je le rappelle ? Tu veux ?

– Non, je m'en fous.

– Comme tu le sens.

– Je m'en fous, je te dis.

– Ok... Les cannes sont fixées ?

– Oui.

– Viens t'asseoir alors.

Trois heures passent.

Le soir s'épaissit. Ils mangent des raviolis cuits dans leur boîte, boivent une bière, une deuxième, puis l'humidité et le froid leur donnent envie de café.

Ils sont assis, les restes du repas poussés plus loin, dans le noir. Le silence est émaillé de sauts de carpes.

Marvin est détendu. Ses pensées sont diffuses.

L'affection qu'il avait pour Chris disparaît tranquillement.

Tout part à la nuit.

– Tu me préviens quand il est vingt-trois heures trente.

À l'heure dite, Marvin rassemble ses papiers, ses cigarettes, sa lampe de poche.

– Tu peux me prêter ton portable, s'il te plaît ? Que je puisse l'appeler si je vois qu'il trouve pas. Il se souvenait plus trop où est l'entrée du chemin.

– Fais chier.

– Le temps d'aller le trouver et de revenir, y en a pour une grosse demi-heure, pas plus. Je te filerai de l'argent pour le forfait. Je peux te laisser des clopes si tu veux.

– Je viens avec toi.

– Et qui surveille les cannes ? Franchement j'en ai pas pour longtemps, ce serait con que ça morde et qu'y ait personne pour remonter, t'es pas d'accord ?

– Tu fais vraiment chier.

– Je te laisse des clopes ou pas ?

– Mmh.

– Tiens. Oublie pas que t'as les cannes à surveiller… Quand je reviens, je veux que tu me montres la plus grosse mémère que t'aies jamais pêchée.

Chris entend le moteur démarrer. La voiture s'éloigne, de moins en moins bruyante, un insecte.

Il s'enfonce dans son siège, allume une cigarette, se prépare à attendre, sans rien qui puisse lui indiquer l'heure ni le temps qui passe.

Revenir

Le quartier qu'il traverse est triste et familier.

Les souvenirs n'arrivent pas avec précision mais une densité l'accompagne dans sa marche. Les maisons, les rues, le nom des rues. C'est semblable à son enfance et ça lui veut du bien. Il sonne à la porte. Sa mère est là, devant.

Elle va l'embrasser mais il lui attrape les mains et se recule pour la voir tout entière.

– Bonjour maman.

Mamie-zette le regarde longuement avant de pouvoir parler, l'embrasse plusieurs fois, sur les joues, sur le front, et ne peut plus s'arrêter de l'embrasser. Ses baisers sont puissants. Ils s'accrochent comme la soif.

Elle voudrait connaître le contour entier du visage de son fils, ce visage qu'elle ne lui connaît pas. Lui se laisse faire. Il prend le temps de se faire embrasser, sans impatience, avant de se retirer.

Le canapé toujours aussi vétuste, les craquelures comme des écailles. La table basse et son odeur de bois traité… Le programme télé sur la table. Les objets l'accueillent sans jugement, comme avant.

Il pose ses affaires dans sa chambre et rejoint Mamie-zette dans la cuisine. Elle lui tend un verre d'eau. Le père est saisi, comme la musique ou la pitié peuvent nous saisir.

C'est un sentiment de reconnaissance à lui rompre le souffle, pour la cuisine, les odeurs, les meubles, sa mère au milieu.

Il aime ce qu'il a devant lui.

La table, le chauffe-eau au-dessus de l'évier, l'évier, sa mère, le frigo.

Chaque élément rayonne.

Il va parler, il va dire que c'est beau, qu'il ne faut rien changer, qu'il aimerait si fort que ça ne change pas, qu'il la remercie d'être ici, encore… Il va prendre sa chance et laisser couler les mots, des mots qui n'appelleront aucune réponse, qui sauveront sa mère peut-être.

La gêne lui fait se souvenir qu'on ne dit pas ce genre de choses.

– Assieds-toi, va.

– Je vais me griller une cigarette dans le jardin, d'abord.

– Profites-en pour dire au revoir à ton arbre. Il est malade. Les élagueurs viennent d'ici la fin du mois. Tu pourras plus faire de cabanes dedans… Tu te souviens quand t'étais petit ?

– C'est loin tout ça, maman. Je vais aller le voir quand même, tu as raison.

Ils mangent avec la télé en fond. Le père boit la bouteille de vin que Mamie-zette a achetée pour lui. Elle a prévenu qu'il n'y avait pas d'autre alcool dans la maison. Il sait que sa mère ne ment pas. La bouteille finie, il se fait un café, faute de mieux, et revient s'ennuyer devant la fin du programme.

Lorsqu'ils se lèvent et vont pour se souhaiter une bonne nuit, aucun n'a le courage de s'approcher.

Ils se saluent de loin et rentrent dans leurs chambres.

La question

Marvin est avalé par l'espace qu'il traverse. Il chasse l'hésitation, il chasse les pensées.

Il n'est plus temps.

Il gare la voiture un peu avant le chemin de la maison, éteint le portable de Chris, le laisse sous le siège passager, ferme la voiture. Minuit passé. Il vérifie les clés dans sa poche. Le gravier craque sous ses pas. Il est heureux. Il n'y aura pas de violence. Il n'y aura pas de violence, du plaisir seulement. Il avance sans précaution, tout à sa joie, le bruit de ses pas comme une marche nuptiale.

Tiffanie ne se réveille pas. Marvin prend le portable sur la table de nuit, le met dans sa poche et s'assoit à côté d'elle sur le lit. Il lui caresse les cheveux.

La douceur des cheveux sous sa main lui plaît infiniment… Il lui passe la main sur l'épaule, sur le visage. Sa main court comme une grosse araignée. Tiffanie réagit.

– Quoi ?

Il la laisse se réveiller. Il y a une grande compassion dans le regard qu'il pose sur elle. Un regard très doux. Tiffanie s'apaise, sa voix se pose et retrouve quelque chose du sommeil perdu.

– Qu'est-ce que tu fais là ?

– Rien. Tout va bien.

– Il est où Chris ?

– Tout va bien. Rassure-toi… Il faut me dire où sont les bijoux.

– De quoi ?

– Rien, juste me dire où sont les bijoux.

Le front de Tiffanie se plisse. Elle essaie de voir plus loin que Marvin : comprendre s'il est sérieux, ce qu'il veut au juste, si c'est une blague, une menace, un malentendu. Marvin n'a pas changé d'expression. Le sourire d'un père qui compatit et des yeux brillant d'un amour excessif.

– Dis-moi où sont les bijoux. S'il te plaît.

L'idée que son fils est mort lui passe par la tête.

– Où est Chris ? Dis-moi où est Chris !

– Je veux juste savoir où sont les bijoux. Chris va bien. Tout va bien. Mais je veux les bijoux.

– Où est mon fils, putain !

– Je veux les bijoux.

– Tu déconnes ? Tu déconnes, non ?

– On déconne tous un peu… Mais si tu veux retrouver Chris, il faut que tu me dises pour les bijoux.

– Mais j'en sais rien, putain ! Dis-moi où est mon fils !

– Il est quelque part où tout va bien, mais si tu me dis pas où sont les bijoux, ça va plus aller pour lui… Et ce sera de ta faute.

– Mais qu'est-ce qui t'arrive, putain ? T'es devenu fou ?

– Ce sera de ta faute…

– Qu'est-ce qui t'arrive ? Hein ? On s'aime, non ? On s'aime, putain !

– C'est pas ça le problème. Je veux les bijoux.

Une crise de larmes empêche Tiffanie de répondre. Marvin se souvient que le temps est compté. Il faut arrêter ça.

Il lui saisit le visage.

– Regarde-moi !

Il sent le rythme du sang au bout de ses doigts. C'est peu de chose une vie.

– Regarde-moi et arrête ton cinéma.

Les larmes et les cheveux de Tiffanie s'agglomèrent. Il la désire comme jamais. Il est tenté de la frapper. Il se domine à peine.

– Ton fils.

Elle fait oui de la tête.

– Ton fils, tu veux le revoir ? Tu veux pas que je le tue, ton fils ?

Il lui parle comme à une enfant.

Elle fait non.

– Alors il faut me dire où sont les bijoux.

Sa main se ferme encore davantage. Le visage de Tiffanie rougit. Elle fleurit, pense Marvin. Il bande furieusement.

– Tu veux que je le bute ton fils ?

Elle secoue la tête, de plus en plus désespérée, elle pleure, elle ne sait pas ce qu'elle fait là, quel est ce piège où elle est prise.

– Alors dis-moi où sont les bijoux.

Elle gémit :

– Chez Mamie-zette.

– Et où chez Mamie-zette ?

– Dans le nichoir, dans l'arbre.

– C'est bien, ma belle.

Il retire sa main.

– Tu vas peut-être pouvoir retrouver ton fils.

– Rends-moi mon fils !

– Quand j'aurai les bijoux. Ou tu le reverras coupé en deux. Tu comprends ? Et tu préviens personne. Je te jure que je le tuerais. Tu retournes dans le fond de ton lit, tu attends et tu la fermes.

Sur le visage de Tiffanie il y a la marque de sa main.

Pertes et gains

Il repère le poteau électrique, se gare au plus près et laisse le moteur tourner. Le chauffage à fond. Donner une impression de voiture qui roule à pleine vitesse. Une heure moins le quart.

Marvin trouve le numéro du père dans le portable de Tiffanie.

– Non c'est Marvin. C'est pour Chris. Il a eu un accident de scooter. Il était passager, il s'est cogné la tête. Il est en vie, mais ça a bien tapé… Ils l'ont emmené aux urgences… À l'hôpital, oui. Non, apparemment… Mais il est sous le choc… Des contusions… Peut-être un bras cassé. Ils vont regarder les côtes. Ils nous ont dit ça très vite. On a filé directement. On leur a dit qu'on te préviendrait… On y va, nous. On est en route. Tiffanie conduit, c'est pour ça que c'est moi qui t'appelle. Chris a demandé que tu viennes. Il l'a dit aux pompiers… On se retrouve là-bas.

Marvin retire la batterie des portables de Chris et Tiffanie, la carte SIM. Il jette le tout dans une bouche d'égout.

Il escalade le poteau, marche sur le premier mur, passe par le cerisier, un autre mur encore et le jardin de Mamie-zette n'est plus qu'à quelques mètres.

Il s'immobilise, attend cinq minutes. Sa respiration se stabilise.

Le père a dû y aller.

Le long du mur, l'ombre fait un couloir d'un mètre de large où il peut avancer sans être vu. L'arbre est au milieu du jardin. Il faut traverser un espace assez grand, en plein sous la lune.

Il franchit l'espace lumineux et monte dans l'arbre. Les branches sont très rapprochées, il se contorsionne, cherche le nichoir au milieu des feuilles, avec ses mains.

Connerie !

Il vaut mieux redescendre et tourner autour pour voir s'il le trouve.

Revenu au pied de l'arbre il se repose un instant contre le tronc.

À quelques mètres, dans l'herbe, il y a le nichoir.

Il est vide.

Du calme. Du calme !

Il a dû descendre les bijoux tout à l'heure. Les planquer dans sa chambre. Quoi qu'il arrive, dans moins de dix minutes je suis parti.

La pendule de la cuisine et son tic-tac. Du fond du couloir, arrivent les ronflements de Mamie-zette. Il avance, la lumière de sa lampe de poche devant lui. La chambre du père est entrouverte, il n'y entend pas de respiration, entre. Le faisceau de la lampe est trop fin pour tout voir. Il ferme la porte.

Un coup de poing lui entre dans le visage.

Marvin se relève aussi vite. La lumière s'allume.

Un deuxième coup le jette à terre.

Le père se rue sur lui et l'étrangle à deux mains. Marvin a replié les jambes par réflexe. Il tente de lui faire lâcher prise en poussant avec ses jambes. Le père garde les mains serrées autour du cou de Marvin. Il se jette en avant pour l'assommer à coups de tête.

– Où est mon fils ! Où est mon fils !

Marvin réussit à le repousser.

Le père est debout maintenant. Il donne des coups de pieds dans le ventre de Marvin, resté à terre. Il essaie d'atteindre la tête, les dents, les tempes, les côtes, les couilles... Il attrape la télé. Marvin protège son visage, l'écran se brise sur ses avant-bras.

– Où est mon fils ! Mon fils !

Marvin réussit à arrêter un coup, et à faire tomber le père.

À terre tous les deux. Ils sont dans le bourdonnement du combat, dans la fièvre, insensibles à la fatigue, l'un contre l'autre, coincés entre le lit et le mur, et ils se donnent de furieux coups de poings, des coups de dents, se crachent dessus, lancent les genoux, les coudes, essaient de griffer, de se crever les yeux.

Le père parvient à se rétablir à demi, à se mettre au-dessus et faire pleuvoir les coups sur Marvin.

Marvin enrage, encaisse, hurle de douleur et de haine, incapable de se dégager.

– Mon fils !

Plusieurs coups atteignent le visage de Marvin. Sa lèvre supérieure est fendue en deux. Bientôt, il n'arrive plus à se protéger.

Chaque coup le blesse à présent.

Sa bouche est une bouillie de chair et de sang. Le père est à deux doigts de lui rentrer le nez dans le crâne et de le tuer pour de bon.

Marvin chuchote, à travers la morve et le sang :

– À la Motterie... Au lac...

Les coups reprennent.

– Tu lui as fait quoi !

– Rien…

Le père s'arrête. Marvin respire. Il arrive à sortir un bras. Il saisit le père par les narines, y introduit les doigts, lui écorche la paroi nasale avec les ongles. Le père crie comme une bête. Il écrase un coup de poing sur l'oreille de Marvin. Marvin réplique par un coup au menton. Le père tombe en arrière, à l'autre bout de la pièce, à moitié assommé. Persuadé de l'avoir mis KO, Marvin commence à chercher dans le placard. Le père met quelques secondes à se ressaisir. Il est au pied de son bureau. Il se relève, ouvre le tiroir, en sort un tournevis, s'approche et l'enfonce dans la fesse de son adversaire, retire l'outil, s'apprête à le planter à nouveau. Marvin roule sur le côté et se rue contre la porte. Il s'écroule sur la poignée, ouvre, se précipite dans le couloir en boitant.

Le père hésite à le poursuivre mais le sac l'obsède. Il le cherche, à genoux. Ses mains écartent les objets, se blessent aux éclats de verre, palpant à droite, à gauche, devant, partout. Un drogué cherchant sa dose.

Il arrache la porte du placard.

Derrière un double fond, il trouve le sac de bijoux.

Toujours là…

Il rit. Toute sa richesse est là. Il s'est battu et elle est toujours là, dans ses mains.

Il rit follement.

C'est plein de chaleur, en lui, autour de lui: les entailles sur ses mains, son corps abîmé par les coups, le battement dans ses tempes, l'obscurité, son souffle dans l'obscurité, le sac qu'il tient embrassé contre lui.

Le père remercie la providence, le monde entier, il remercie pour sa force et pour sa chance.

Marvin est appuyé sur la baie vitrée qui mène au jardin. Le sang inonde l'arrière de son jean. Le tympan fissuré. Il n'arrive pas à s'enfuir.

Il y a un gros vase sur la table. Il repart en arrière.

Le vase explose sur le crâne du père.

Le père s'écroule sur le sac.

Marvin glisse les mains dessous et parvient à toucher le sac mais rien ne vient.

Il doit bouger le corps.

De cette masse effondrée sort un gémissement mécanique. Marvin met ses pieds en appui contre le fond du placard et pousse sur ses jambes pour renverser le corps. C'est lourd et mou.

– Bouge !

Marvin s'épuise. Il transpire, traversé par les migraines.

Il y arrive enfin.

Le père est sur le dos. Marvin se traîne jusqu'aux bijoux.

Le père a repris un peu de vie. Pas assez pour pouvoir se battre, ni même pour un coup de poing. Assez pour décoller un bras du sol et chercher dans le proche périmètre.

Sa main rencontre un gros morceau de vase. Il le cale contre sa paume, referme ses doigts dessus.

Marvin est devant lui, assis, de dos, à moins d'un mètre. Il va se relever puisqu'il a le sac. Il faut le frapper maintenant. À la nuque. Mettre tout le restant de vigueur dans le bras et frapper. Entailler sur le côté, là où c'est tendre. Le père peut le tuer s'il se concentre. Un seul coup : précis, définitif.

Il a la vision de l'entaille, du sang sur la moquette, du butin sauvé, du cadavre…

À quoi bon ?

Marvin est déjà dans le couloir. Il se tient aux murs. Son oreille siffle atrocement. Il tombe, se fait violence pour continuer, s'orienter dans la maison. Pas le temps de passer par le jardin. La porte d'entrée est encore possible. Il arrive au salon. La porte est en face. Allez !

Il est presque sorti quand il entend le père derrière lui.

À l'autre bout de la pièce, il est là, entouré d'ombre. Est-ce qu'il a un flingue ?

Marvin s'arrête.

Ils sont chacun à une extrémité de la pièce. Deux paires d'yeux qui se cherchent dans le noir, deux visages indéchiffrables, déformés par les coups.

L'imperturbable ronflement de Mamie-zette arrive par vagues régulières.

Le père ne bouge pas. Les deux hommes restent comme ça, l'ombre du salon les séparant.

Le combat ne reprend pas.

Le père ne fait rien. Il pense : dégage maintenant.

Marvin comprend confusément qu'il n'est pas menacé.

Alors, vite, de peur que l'autre ne retrouve sa lucidité, il s'en va, les bijoux serrés contre lui et court se perdre dans les rues.

Le père se laisse glisser au sol, il ferme les yeux. La conscience se retire, les souffrances s'éloignent. C'est fini…

Debout !

Ça remonte de loin.

Debout !

Les contusions, les pensées, le mal de crâne, reviennent.

Les mains à plat sur le sol, il se relève maladroitement. Il émerge du sol : un grand oiseau mazouté, ralenti, les bras se balançant comme des bûches.

Il se traîne jusqu'à la cuisine, remplit une cruche d'eau, sort dans le jardin et la vide entièrement sur lui. L'eau dilue les paquets de sang et lui tombe du visage en longs filets. Il recommence plusieurs fois. Pour finir, il boit à grandes gorgées et, clarifié, va au mur du couloir décrocher les clés de la voiture.

La porte étroite

Les fenêtres ouvertes, le volant serré fort entre ses mains, le père enfile les kilomètres en grinçant d'impatience. Pas de réseau. Le GPS mouline.

Il parvient à la route qui longe la forêt. L'angoisse monte.

Ça devrait être sur la droite… C'est où ? Mais c'est où ?

La voiture, la concentration que ça demande et ce chemin qui ne vient pas !

Une impression d'inutilité lui tombe dessus, de faiblesse. Son fils a besoin de lui, il va mourir, il est peut-être déjà mort !

Il perd pieds.

Il y a une bande de terre sur le côté de la route qui ressemble à un chemin, il braque, se gare, saute le fossé et rentre dans la forêt comme on entre dans une mêlée.

Les bras en avant, il écarte les branches, plonge.

La clarté de la route lui permet de faire les premiers mètres. Ce n'était pas un chemin, juste un passage disparu dans les arbres. Il allume la torche de son téléphone. Toujours pas de réseau, mais il avance grâce à la lumière. C'est forcément par là ! Les trous, les racines, les buissons, les branches, rien n'abîme sa détermination. Il envoie de grandes saccades, la tête en avant, comme si se faire mal l'aidait à progresser plus vite.

– Chris !

Il s'arrête pour écouter. Les arbres qui bougent.

C'est un vacarme insupportable, obscène.

– Chris !

Il hurle comme s'il avait le pouvoir de faire apparaître son fils en criant.

– Chris ! Chris, tu m'entends ? C'est moi ! C'est moi !

Il s'entend crier. Il entend qu'il est seul.

– Putain…

Des odeurs l'assaillent, de vent tiède, de pourri.

– Chris ! Chris !

Une branche lui accroche le coin du visage. Du sang lui coule dans les yeux. La nuit devient blanche, noire, clignotante. Il braque le téléphone devant lui, comme si la lumière savait où aller.

– Chris !

Le lac ne vient pas.

– Tu m'entends ? C'est moi ! C'est moi ! Réponds ! Réponds…

Derrière c'était où ? Devant ?

Une ruée de plus, au hasard.

Ses avancées sont anarchiques, farouches, comme s'il pouvait ouvrir la solitude avec sa force.

Il ne voit pas au-delà de ses butées dans les troncs, dans les épines, les branches.

Il ne sait pas s'il a parcouru un mètre ou dix. Il ne sait pas où sont ses mains, où sont ses pieds, ni ce que ses yeux voient.

Il entend qu'on appelle.

Il croit entendre des cris. Quelqu'un crie à la mort ! Quelqu'un qui vient de crier ? C'est lui !

– Chris ? Chris ? Tu m'entends ? Je suis là ! C'est ton père ! Tu m'entends ?

Il redouble d'élan.

– Allez !

Les suées l'agitent, de fatigue, de colère. Il frissonne. Les frissons se transforment en crainte. Il refuse de penser au corps mutilé de son fils. Mais la crainte lui colle comme la transpiration.

Ce sont des prières qui viennent maintenant.

– S'il vous plaît… Chris…

Il parle en continu. Le flot de paroles se confond avec son combat contre la forêt. Il demande pardon.

– C'est moi ! C'est seulement moi… Il faut laisser mon fils… C'est juste moi ! Pardon ! Laissez-moi mon fils… Pardon… Pardon !

Le vent et les feuilles couvrent toutes les détresses.

– Chris ! Tu m'entends ? Est-ce que tu m'entends ? Est-ce que tu m'entends ?

Les malédictions succèdent aux prières, puis les prières reviennent.

Il promet tout ce qu'il peut en échange de son fils vivant

– S'il vous plaît ! S'il vous plaît…

Les branches le giflent et rentrent dans ses plaies. Il les chasse. Elles reviennent comme de l'eau.

Il sursaute, se jette en avant, toujours plus en colère, plus sourdement.

De plus en plus lent.

Le rouge au visage, l'impression qu'il se perd en écorchures et en cris.

Sans la moindre piste à suivre.

Finalement, le désespoir le brise. Ses jambes ne le portent plus.

Il se laisse tomber et pleure.

Il pleure son fils introuvable.

Il pleure l'amour de ses parents, l'amour des femmes, l'amour de ses enfants.

Il pleure son incapacité à faire plaisir aux gens qu'il aime. Il pleure de ne pas les comprendre et parce qu'il ne sait pas les protéger.

Les lumières du matin le trouvent somnolant, pleurant toujours, tout doucement.

Plus loin, Chris dort encore.

Merci à Alex pour son aide à la conception d'ensemble.

Merci à Claude et Marie-Claire pour leur témoignage.

Merci à Élodie, Céline, Anne, Baptiste, Étienne, Angeline, Antoine, Camille L, Adèle, David L, Hadrien, Camille G, Cécile, Véronique, Gilles, Françoise, François, Jean, Alix, Jean-Louis, Frédéric, Audrey, Valérie, Alexandre C, Chloé D, Pierre, Mathilde, Hélène, Anne-Marie, Christine, Sandrine, pour leur lecture et leurs retours.

Merci à Emmanuelle pour le soin apporté à l'écriture et à l'écrivain.

Merci à Liana, Claude, Emma, Amandine, Marie, Valérie, Cristina, Sylvie, pour leur confiance et leur soutien.

Merci aux membres de ma famille (élargie) et à mes ami(e)s, pour leur présence.

CET OUVRAGE A ÉTÉ ACHEVÉ D'IMPRIMER
SUR ROTO-PAGE
PAR L'IMPRIMERIE FLOCH À MAYENNE
EN JUILLET 2023

N° d'édition : 597. N° d'impression : 102877
Dépôt légal : août 2023
Imprimé en France